本書出版得到國家古籍整理出版專項經費資助

明清稀見唐詩選本

曲景毅／主編

[清]沈寶青　編選　／　曲景毅　校點

清末沈寶青所編《唐詩諧律》選詩凡五百〇七首，分上下二卷，彙集初、盛、中、晚唐大家名篇，亦存録小家佳作。按平水韻繫詩，每韻以時間先後爲序。有異讀處附音注。沈寶青，字劍芙，江蘇省鎮江府溧陽縣人，光緒九年進士。歷任歸安縣令、諸暨縣令。

《唐詩諧律》問世當與乾隆間恢復科舉試詩制度有關，然沈寶青并未選擇科場通行的八韻排律，而是尋根溯源，專選四韻五律，輔助舉子窺探試律詩門徑，指點詩海迷津，正得執簡馭繁之效。唐詩選本以分體、分類編排爲多，分韻編排者罕見。《唐詩諧律》按韻系詩，亦便于今日學詩者隨韻尋檢、揣摩諷詠。今以光緒十六年歸安官舍刊本爲底本，并以《全唐詩》覆校一通，説明異文及重出情況。

上海古籍出版社

圖書在版編目(CIP)數據

唐詩諧律 /（清）沈寶青編選；曲景毅主編、校點.
—上海：上海古籍出版社，2019.11
（明清稀見唐詩選本）
ISBN 978-7-5325-9392-7

Ⅰ.①唐…　Ⅱ.①沈…　②曲…　Ⅲ.①唐詩—五言律詩—詩集　Ⅳ.①I222.742

中國版本圖書館 CIP 數據核字(2019)第 237130 號

明清稀見唐詩選本

唐詩諧律

［清］沈寶青　編選

曲景毅　主編

曲景毅　校點

上海古籍出版社出版發行

（上海瑞金二路 272 號　郵政編碼 200020）

（1）網址：www.guji.com.cn

（2）E-mail：guji1@guji.com.cn

（3）易文網網址：www.ewen.co

上海展强印刷有限公司印刷

開本 850×1168　1/32　印張 7.75　插頁 3　字數 149,000

2019 年 11 月第 1 版　2019 年 11 月第 1 次印刷

印數：1—2,500

ISBN 978-7-5325-9392-7

I·3441　定價：38.00 元

如有質量問題，請與承印公司聯繫

021-66366565

前　言

《唐詩諧律》二卷，沈寶青編選。沈寶青（？—1901），原名綰青，字劍芙，别號白蘋洲長，江蘇省鎮江府溧陽縣人。同治十二年（1873）舉人，光緒九年（1883）癸未科殿試，登進士三甲117名①。同年五月，著交吏部掣籤分發各省「保用知府，花翎，鹽運使銜」②，後任歸安縣令。據《光緒實録》卷一百七十，光緒二十一年（1895），時任歸安知縣的沈寶青因「諱匿」地方叛亂，被人奏劾，而遭查辦。光緒二十三年（1897）十月，調赴諸暨縣令，在任教民賑災，頗有聲績。二十六年（1900），調署錢塘，然仍關心諸暨政事，孜孜以爲，冬調仁和縣。次年（1901）正月，卒於仁

① 《光緒實録》卷一百六十三。

② 以上略見楊家駹等修，馮煦等撰《溧陽續縣志》卷八《選舉志》，光緒二十三年（1897）刊本。

和署①。

此書成於清光緒十六年(1890),其時沈寶青正任歸安縣令。編者自序云:「國家程士以詩,宗規具在;童子勝衣就傅,取法攸宜。」道出了此書爲科舉試詩而編纂的目的。乾隆年間,御史袁芳松奏請於二場經文之外,加試排律一首。乾隆二十二年(1757)正月庚申,乾隆詔諭:「嗣後會試第二場表文,可易以五言八韻唐律一首。」②四十七年(1782),更將試詩移至頭場,終清一代沿用之。於是,自宋代以來,廢止數百年之久的科舉試詩制度得以恢復。在此背景下,功令試詩與試帖詩紛紛得以纂集出版,以應士子學詩之需,其中唐人試律詩選本之編纂亦成爲一大潮流③。余集(乾隆三十一年進士)《試律偶鈔序》即云:「我朝自乾隆己卯奉詔于鄉會兩試各試八韻詩一首,至今垂四十年。承學之士莫不從事聲律,館閣諸公又首先賡唱,近日選家總集無慮數百十種。」④《唐詩諧律》之編纂,亦當放在這種背景下考量。

值得注意的是,與一般試律詩選本多選六韻、八韻五言排律試帖詩不同,此集專選四韻五

① 參所附《光緒諸暨縣志》卷二十三《名宦志·沈寶青傳》,宣統元年(1909)刻本。沈寶青就任諸暨縣令時間,見《光緒諸暨縣志》卷二十一《職官表》。
② 《高宗實録》,乾隆二十二年正月庚申,北京:中華書局1987年,第15册,第694頁。
③ 蔣寅《科舉試詩對清代詩學的影響》,《中國社會科學》2014年第10期,第143—208頁。
④ 余集:《秋室學古録》卷五,《續修四庫全書》,上海:上海古籍出版社2002年,第1460册,第342頁。

律。這與學者們對試律詩認識的深入程度有關，正如任應烈在《詩法指南》中所指出的：「豈知試帖之於詩，特衆體中之一耳，詩固未有一體不備而可號工詩，亦未有衆體不備而可工試帖者也。」①試帖詩乃是衆體中之一種，與其他詩體之詩法亦有關聯和相通之處。加强對其他詩體的學習，對於拓寬試帖詩之取法門徑，具有重要的意義。另外，四韻律詩乃是五律中最爲普遍和典型的一種。故通過四韻五律而窺探試律詩之門徑，正可得執簡以馭繁之效。在此基礎上，編者又剔除了「破首用平（即首句入韻）」「聯腰换字」之别體，因此在體裁的選取上更爲謹嚴。按韻編排的體例，也是爲了方便士子隨韻尋檢，揣摩諷詠而作也。

從詩學背景來考察，晚清正當宋詩派風行之時，唐詩選本相較之前有所減少。《唐詩諧律》成爲晚清少有的唐詩選本之一②。然而，本集在繼承了沈德潛等宗唐一派傳統的同時，多少受到了時代風氣的影響。編者自云：「起貞觀，迄開成而後；始王、楊，終劉、馬諸家。合盛、中、晚三唐，都成一帙；就上下平卅目，次作兩編。」在推尊盛唐的同時，兼顧中晚，尤其是晚唐詩人的作品佔了較重的比例，當也受到當時推崇中晚唐的樊增祥（1846—1931）、易順鼎（1858—1920）等人詩學觀的影響。从這個意義上説，《唐詩諧律》對於了解晚清詩學之面貌，亦有一定

① 蔡鈞輯：《詩法指南》卷首，乾隆二十三年匠門書屋刊本。

② 孫琴安《唐詩選本提要》，上海：上海書店出版社 2005 年。

的參考價值。

《唐詩諧律》全書選詩凡五百〇七首，分韻編排，間或附音注，以便讀者隨文諷誦。本集在選詩上，有失考之處。如收入牟融《題朱慶餘閒居四首》其三，《全唐詩》卷四六七的「牟融詩」，全係出自明人僞造①，沈寶青當承其誤。然而瑕不掩瑜，《唐詩諧律》較爲全面地反映了唐代五言律詩的發展風貌，又有編者的別裁揀擇之功，對於今天讀者了解唐詩，尤其是專門學習五言律詩，具有一定的借鑒意義。

是書有光緒十六年歸安官舍刊本。綫裝，一函二册。封面隸書大字題簽，前題「意如室選本」，意如室當爲沈寶青的書齋名；後題「曲園居士署」，曲園居士當爲晚清名士俞樾，其題字下畫有俞曲園之葫蘆符號可證。俞樾（1821—1907），字蔭甫，號曲園居士，浙江德清人，著有《諸子平議》《群經平議》《古書疑義舉例》等。光緒十六年，俞樾正退居錢塘之右臺仙館講學，其爲《唐詩諧律》題簽，正在此時。全書素紙印製，版心下刻「溧陽沈氏刊」，無板框，版式別緻。半葉八行，行十八字，一百三十七葉，寫、刻、印俱佳，爲晚清刻本中較有特色的一種。今據北京大學圖書館古籍部藏本整理，并以《全唐詩》參校。

① 劉再華《明人僞造唐集與明代詩風》，《中國韻文學刊》1999年第2期，第49—55頁。

序

蓋聞五字全篇，肇原漢代；一章八句，著孅唐人。國家程士以詩，宗規具在；童子勝衣就傅，取法攸宜。比者選家，務求備體；第名近律，尠見單行。或樂府古風，氣機放縱；或長排短截，節奏清新；或借景言情，反正不嫌重複；或此唱彼和，纖穠不限一途。他如破首用平，藉以振勢；聯腰換字，間可取妍。在當時固自有體裁，而今日則必遵功令。又或鈔胥趨簡，剞劂沿譌。四易成皋之羊，六變居穴之虎。羔求麟止，文以省而義乖；觟角玠珪，音不殊而形異。均非善本，易誤後生。蒙判牘餘陰，纂詩遺興，網羅別集，群玉當胸，汎濫全函，散錢入手。起貞觀，迄開成而後；始王、楊，終劉、馬諸家。合盛、中、晚三唐，都成一帙；就上下平卅目，次作兩編。依韻選聲，仍四十賢人之舊；去滓存液，得五百名世之篇。辟五音無相奪倫，和聲以應；雖一字不甘苟且，擇句維嚴。既輯成書，名曰「諧律」。閉門而造，膠柱以求。識者當笑其志之卑，而諒其心之苦也已。夫字非《干禄》，末繇辨其正通；音不探原，詎能分其清濁？爰書真體，示以準繩；復檢韻囊，系之音釋。庶幾弱齡擁鼻，不譌雌霓之聲；如謂衆體遺珠，請探驪龍之窟。錮文畢事，集句冠端：

五字詩成卷（賈島），璚枝照座芳（楊巨源）。
雅琴飛白雪（杜正倫），寶瑟韻清商（韋渠牟）。
麗藻窮雕飾（封行高），餘聲自抑揚（莊若訥）。
唐封三萬里（李洞），千載揖休光（僧皎然）。

覓句新知律（杜甫），和羹舊有才（鄭述誠）。
分鑣揚木鐸（張九齡），掞藻握珠胎（駱賓王）。
美價逢時出（蘇頲），清流舉代推（宋之問）。
咸英調正樂（崔日用），與俗洗煩埃（僧無可）。

時光緒十有六年，歲在上章攝提格，律中蕤賓之月，白蘋洲長識於意如室中。

目録

二冬

三江

四支

五微

六魚

七虞

八齊

十一真

十二文

十三元

十四寒

十五删

唐詩諧律 卷下

一先

二蕭

三　肴

四　豪

五　歌

六麻

七陽

八庚

九青

十蒸

十一尤

十二侵

唐詩諧律　卷上

一東

露

李　嶠

滴瀝明花苑，葳蕤泫竹叢。玉垂丹棘上，珠湛緑荷中。夜警千年鶴，朝零七月風。願凝仙掌内，長奉未央宫。葳，音威。蕤，儒佳反。葳蕤，盛貌。湛，丈減切。

席

李　嶠

避席承宣父，重筵揖戴公。桂香浮半月，蘭氣襲回風。舞拂丹霞上，歌清白雪中。佇將文綺色，舒卷帝王宫。父，同甫。重，平聲。

春晚山莊

盧照鄰

顧步三春晚，田園四望通。遊絲横惹樹，戲蝶亂依叢。竹懶偏宜水，花狂不待風。唯餘詩酒意，當了一生中。惹，人者切。

【今校】《全唐詩》卷四二，題作「春晚山莊率題二首」。按：此爲其一。其二云：「田家無四鄰，獨坐一園春。鶯啼非選樹，魚戲不驚綸。山水彈琴盡，風花酌酒頻。年華已可樂，高興復留人。」

秋菊

駱賓王

擢秀三秋晚，開芳十步中。分黄俱笑日，含翠共摇風。碎影涵流動，浮香隔岸通。金翹徒可泛，玉斝竟誰同。斝，音賈。

送魏大從軍

陳子昂

匈奴猶未滅，魏絳復從戎。悵别三河道，言追六郡雄。雁山横代北，狐塞接雲中。勿使燕然上，惟留漢將功。復，去聲。塞，去聲，下同。燕，平聲。將，去聲。

【今校】

《全唐詩》卷八四，末句注「一作獨有漢臣功」。

宫中行樂詞八首（録一）

李白

盧橘爲秦樹，蒲萄出漢宫。煙花宜落日，絲管醉春風。笛奏龍吟水，簫鳴鳳下空。君王多樂事，還與萬方同。樂，音洛。

【今校】

《全唐詩》卷一六四，序云：「奉詔作。明皇坐沈香亭，意有所感，欲得白爲樂章。召入，而白已醉。左右以水頮面，稍解，援筆成文，宛麗精切。」所選爲其三，末句注「一作何必向回中」。

嚴公廳宴同詠蜀道畫圖得空字

杜　甫

日臨公館静，畫列地圖雄。劍閣星橋北，松州雪嶺東。華夷山不斷，吴蜀水相通。興與煙霞會，清樽幸未空。興，去聲。

【今校】《全唐詩》卷二二七，「列」作「滿」，注「一作列」。

次下牢韻

戴叔倫

獨立荒亭上，蕭蕭對晚風。天高吴塞闊，日落楚山空。猿叫三聲斷，江流一水通。前程千萬里，今夕宿巴東。

送朱慶餘及第歸越

張　籍

東南歸路遠，幾日到鄉中。有寺山皆遍，無家水不通。湖聲蓮葉雨，野色稻花風。州縣知名久，争邀與客同。

【今校】

《全唐詩》卷三八四，「色」作「氣」，注「一作色」。「花」注「一作苗」。

新竹

元稹

新篁纔解籜，寒色已青葱。冉冉偏凝粉，蕭蕭漸引風。扶疏多透日，寥落未成叢。惟有團團節，堅貞大小同。籜，音託。

生春十二首（録二）

元稹

何處生春早，春生柳眼中。芽新纔綻日，茸短恰含風。緑誤眉心重，黄驚蠟淚融。碧條殊未合，愁緒已先叢。綻，丈莧切。茸，音戎，細草也。

何處生春早，春生烏思中。鵲巢移舊歲，鳶羽旋高風。鴻雁驚沙暖，鴛鴦愛水融。最憐雙翡翠，飛入小梅叢。思，去聲，下並同。鳶，音員，鳥名。旋，去聲，繞也。

【今校】

《全唐詩》卷四一〇，題下注：「丁酉歲，凡二十章。」此處選者爲其九，其十一。

秋夜宿靈隱寺師上人居

張祜

月色荒城外，江聲野寺中。貧知交道薄，老信釋門空。露葉凋階蘚，風枝戛井桐。不妨無酒夜，閒話值生公。蘚，息淺切。戛，音拮。閒，音閑，下並同。

【今校】

《全唐詩》卷五一〇，題作「秋夜宿靈隱寺師上人」，題下注：「一本此下有『居』字。」

寓目

李商隱

園桂懸心碧，池蓮飫眼紅。此生真遠客，幾别即衰翁。小幌風煙入，高窗霧雨通。新知他日好，錦瑟傍朱櫳。飫，依据切。幌，户廣切。傍，去聲。

越中寺居

趙嘏

遲客疏林下，斜溪小艇通。野橋連寺月，高竹半樓風。水静魚吹浪，枝閒鳥下空。數峰相向緑，日夕郡城東。遲，去聲。林下之下，上聲。鳥下之下，去聲。

送李騎胄

賈島

歸騎雙旌遠，歡生此別中。蕭關分磧路，嘶馬背寒鴻。朔色晴天北，河源落日東。賀蘭山頂草，時動捲旂風。騎，去聲。磧，七跡切。嘶，音西。

【今校】《全唐詩》卷五七二，題作「送李騎曹」，「曹」注「一作胄」。「旂」作「帆」，注「一作旂」。

春行

賈島

去去行人遠，塵隨馬不窮。旅情斜日後，春色早煙中。流水穿空館，閒花發故宮。舊鄉千里思，池上綠楊風。

海榴

温庭筠

海榴開似火，先解報春風。葉亂裁牋綠，花宜插鬢紅。蠟珠攢作蔕，緗綵剪成叢。鄭驛多歸思，相期一笑同。攢，祖官切。

【今校】《全唐詩》卷五八一，「鬢」注「一作髻」。

禁火日

温庭筠

駘蕩清明日，儲胥小苑東。舞衫萱草緑，春鬢杏花紅。馬轡輕銜雪，車衣弱向風。不愁聞百舌，殘睡正朦朧。駘，音臺。儲胥，軍中籓籬也。

感懷題從舅宅

李昌符

郗家庭樹下，幾度醉春風。今日花還發，當時事不同。流言應未息，直道竟難通。徒遺相思者，悲歌向暮空。郗，抽遲切。應，平聲。

【今校】《全唐詩》卷二九〇與卷六〇一兩存之，作者分別是楊凝與李昌符。

玫瑰

唐彥謙

麝炷騰清燎，鮫紗覆緑叢。宫妝臨曉日，錦段落東風。無力春煙裏，多愁暮雨中。不知何事意，深淺兩般紅。炷，音主。燎，音料。覆，去聲。般，北潘切。

【今校】《全唐詩》卷六七二，「叢」作「蒙」。

同使君宿大梁驛

靈一

旌旗江上出，花外捲簾空。夜色臨城月，春聲度水風。雖然行李別，且喜話言同。若問匡廬事，終身愧遠公。

【今校】《全唐詩》卷八〇九，題下注：「與《清江喜皇甫大夫同宿大梁驛》詩小異。」「話言」作「語音」。

夕次襄邑

清江

何處成吾道，經年遠路中。客心猶向北，河水自歸東。古戍鳴寒角，疏衣振夕風。輕舟唯載月，那與故人同。

【今校】《全唐詩》三〇五，「衣」作「林」。「唯」作「難」。

二冬

道

李嶠

銅駝分鞏洛，劍閣抵臨邛。紫徼三千里，青樓十二重。玉關塵似雪，金穴馬如龍。今日中衢上，堯尊更可逢。鞏，音拱。徼，音叫。

奉和九日侍宴應制得濃字

李乂

望幸紆千乘，登高自九重。臺疑臨戲馬，殿似接疏龍。捧篋萸香遍，稱觴菊氣濃。更看仙鶴舞，來此慶時雍。乘，去聲。看，讀平聲，下同。

駕幸河東

王昌齡

晉水千廬合，汾橋萬國從。開唐天業盛，入沛聖恩濃。下輦迴三象，題碑駐六龍。睿明懸日月，億載此時逢。

【今校】

《全唐詩》卷一四二，「駐」作「任」。「億載」作「千歲」，「歲」注「一作載」。

賦得歸雲送李山人歸華山

錢起

秀色橫千里，歸雲積幾重。欲依毛女岫，初卷少姨峰。蓋影隨征馬，衣香拂卧龍。衹應函谷上，真氣日溶溶。少，去聲。應，平聲。

【今校】

《全唐詩》卷二二三七，題中「山」注「一作友」。

喜見外弟又言别

李　益

十年離亂後，長大一相逢。問姓驚初見，稱名憶舊容。别來滄海事，語罷暮天鐘。明日巴陵道，秋山又幾重。長，上聲，下並同。

【今校】

《全唐詩》卷二八三，「離亂」注「一作亂離」。

和武相錦樓翫月得濃字

柳公綽

此夜年年月，偏宜此地逢。近看江水淺，遥辨雪山重。萬井金花肅，千秋玉露濃。不唯樓上思，飛蓋亦陪從。思，去聲，下並同。

【今校】

《全唐詩》卷三一八，題下注：「時爲西川營田副使。」「花」注「一作風」。

送殷堯藩侍御遊山南

姚合

詩境西南好，秋聲晝夜蛩。人家連水影，驛路在山峰。谷静雲生石，天寒雪覆松。我爲公府繫，不得此相從。蛩，音邛。覆，去聲。

【今校】

《全唐詩》卷四九六，「好」注「一作勝」，「南好」注「一作來遠」。「聲」作「深」，注「一作聲」。「谷」注「一作地，一作溪」。「寒」注「一作晴」。

喜馬戴冬夜見過期無可上人不至二首（録一）

姚合

客來初夜裏，藥酒自開封。老漸多歸思，貧惟長病容。苦寒燈焰細，近曉漏聲重。僧可還相捨，深居閉古松。焰，音豔。

【今校】

《全唐詩》卷五〇一，「漏」作「鼓」注「一作漏」。按：此爲其一，其二云：「内殿臣相命，開罇話舊時。夜鐘催鳥絶，積雪阻僧期。林静寒聲遠，天陰曙色遲。今宵復何夕，鳴珮坐相隨。」

題僧壁　徐夤

香厨流瀑布，獨院鏁孤峰。紺髮青螺長，文茵紫豹重。卵枯皆化燕，蜜老恰成蜂。明月留人宿，秋聲夜著松。鏁，同鎖。紺，古暗切。卵，魯管切。著，入聲。

【今校】

《全唐詩》卷七〇八，「恰」作「卻」。

古柏　李洞

手植知何代，年齊偃蓋松。結根生别樹，吹子落鄰峰。古幹經龍嗅，高煙過雁衝。可佳繁葉盡，聲不礙秋鐘。嗅，許救切。

暮春有感　魚玄機

鶯語驚殘夢，輕妝改淚容。竹陰初月薄，江静晚煙濃。濕嘴銜泥燕，香鬚採蘂蜂。獨憐無限思，吟罷亞枝松。

【今校】

《全唐詩》卷八〇四，題作「暮春有感寄友人」。

三江

奉酬天平馬十二僕射暇日言懷見寄之作

韓　愈

天平篇什外，政事亦無雙。威令加徐土，儒風被魯邦。清爲公論重，寬得士心降。歲晏偏相憶，長謡坐北窗。

【今校】

《全唐詩》卷三四四，題下注：「馬總時爲鄆曹濮等州觀察使。軍曰天平。」

思歸

許　渾

疊嶂平蕪外，依依識舊邦。氣高詩易怨，愁極酒難降。樹暗支公院，山寒謝守窗。殷勤樓下水，幾日到荆江？易，去聲。

白鴿

徐夤

舉翼淩空碧，依人到大邦。粉翎栖畫閣，雪影拂瓊窗。振鷺堪爲侶，鳴鳩好作雙。狎鷗歸未得，覩爾憶晴江。

奉和顔使君真卿修韻海畢州中重宴

皎然

世學高南郡，身封盛魯邦。九流宗韻海，七字揖文江。借賞雲歸堞，留歡月在窗。不知名教樂，千載與誰雙。堞，音牒。樂，音洛。

四支

酬王六寒朝見貽

張九齡

賈生流寓日，揚子寂寥時。在物多相背，唯君獨見思。漁爲江上曲，雪作郢中詞。忽枉兼金訊，長懷伐木詩。郢，音穎。

淮陰夜宿二首（録一）

孫逖

水國南無畔，扁舟北未期。鄉情淮上失，歸夢郢中疑。木落知寒近，山長見日遲。客行心緒亂，不及洛陽時。

【今校】

按：此爲其一。《全唐詩》卷一一八，其二云：「永夕卧煙塘，蕭條天一方。秋風淮水落，寒夜楚歌長。宿莽非中土，鱸魚豈我鄉。孤舟行已倦，南越尚茫茫。」

途中曉發

崔曙

曉霽長風裏，勞歌赴遠期。雲輕歸海疾，月滿下峰遲。旅望因高盡，鄉心遇物悲。故林遥不見，况在落花時。

【今校】

《全唐詩》卷一五五，題中並詩中「曉」注「一作晚」。「峰」作「山」，注「一作峰」。「在」注「一作復」。

賦得暮雨送李胄

韋應物

楚江微雨裏，建業暮鐘時。漠漠帆來重，冥冥鳥去遲。海門深不見，浦樹遠還滋。相送情無限，沾襟比散絲。

【今校】

《全唐詩》卷一八九，題中「胄」注「一作渭」。「還」作「含」。

和都官苗員外秋夜省直對雨簡諸知己

李嘉祐

久雨南宮夜，仙郎寓直時。漏長丹鳳闕，秋冷白雲司。螢影侵階亂，鴻聲出苑遲。蕭條人吏散，小謝有新詩。

【今校】

李嘉祐，原誤作李嘉祐，據《全唐詩》卷二〇六改。《全唐詩》卷二〇六，「久」作「多」，注「一作久」。「寓」注「一作上」。「冷」注「一作老」。「司」注「一作詞」。「散」注「一作静」。

陪鄭廣文遊何將軍山林十首（其三）

杜甫

萬里戎王子，何年别月支。異花開絶域，滋蔓匝清池。漢使徒空到，神農竟不知。露翻兼雨打，開坼日離披。使，去聲。坼，恥格切。

【今校】

《全唐詩》卷二二四，題下注：「山林在韋曲西塔陂。」首句下注：「舊注謂月支花名。」六句下注：「言此花張騫未經見，《本草》未經載也。」「日」注「一作漸」。

重過何氏五首（其四）

杜甫

落日平臺上，春風啜茗時。石欄斜點筆，桐葉坐題詩。翡翠鳴衣桁，蜻蜓立釣絲。自今幽興熟，來往亦無期。桁，音航，去聲，椸也。興，去聲，下並同。

【今校】

《全唐詩》卷二二四，此爲其三。「點」注「一作照」。「自今幽興熟」注「一作自逢今日興」。

九日楊奉先會白水崔明府

杜甫

今日潘懷縣，同時陸浚儀。坐開桑落酒，來把菊花枝。天宇清霜净，公堂宿霧披。晚酣留客舞，鳧舄共差池。差，楚宜切。

【今校】《全唐詩》卷二二四，「潘懷縣」下注：「潘岳。」「陸浚儀」下注：「陸雲。」「差池」，注「一作參差」。

佐還山後寄三首（録一）

杜甫

白露黄粱熟，分張素有期。已應舂得細，頗覺寄來遲。味豈同金菊，香宜配緑葵。老人他日愛，正想滑流匙。應，平聲，下同。舂，書容切。

【今校】《全唐詩》卷二二五，此爲其二。「金」注「一作甘」。「緑」注「一作紫」。

江亭

杜　甫

坦腹江亭暖，長吟野望時。水流心不競，雲在意俱遲。寂寂春將晚，欣欣物自私。故林歸未得，排悶强裁詩。强，上聲，下同。

【今校】

《全唐詩》卷二二六，「暖」注「一作卧」。末二句注「一作江東猶苦戰，回首一顰眉」。

後遊修覺寺

杜　甫

寺憶重遊處，橋憐再渡時。江山如有待，花柳更無私。野潤煙光薄，沙暄日色遲。客愁全爲減，捨此復何之。重，平聲，下同。爲，去聲。復，去聲，下同。

【今校】

《全唐詩》卷二二六，題作「後遊」，詩在《遊修覺寺》後。「重」作「新」，注「一作曾，一作重」。

對雨

杜甫

莽莽天涯雨，江邊獨立時。不愁巴道路，恐濕漢旌旗。雪嶺防秋急，繩橋戰勝遲。西戎甥舅禮，未敢背恩私。

白首

杜甫

垂白馮唐老，清秋宋玉悲。江喧長少睡，樓迥獨移時。多難身何補，無家病不辭。甘從千日醉，未許七哀詩。難，去聲。

【今校】

《全唐詩》卷二三〇，題作「垂白」，注「一作白首」。首句「垂白」注「一作白首」。末句注：「曹植、王粲、張載俱有《七哀詩》。」

寄武陵李少府

韓翃

小縣春山口，公孫吏隱時。楚歌催晚醉，蠻語入新詩。桂水遥相憶，花源暗有期。郢門千里外，莫怪尺書遲。

【今校】

《全唐詩》卷二四四，「山口」注「一作生日」。

李中丞宅宴送丘侍御赴江東便往辰州

韓翃

積雪臨階夜，重裘對酒時。中丞違沈約，才子送丘遲。一路三江上，孤舟萬里期。辰州佳興在，他日寄新詩。

【今校】

《全唐詩》卷二四四，題作「李中丞宅夜宴送丘侍御赴江東便往辰州」。

七夕詩

盧綸

涼風吹玉露，河漢有幽期。星彩光仍隱，雲容掩復離。良宵驚曙早，閏歲怨秋遲。何事金閨子，空傳得網絲。

【今校】

《全唐詩》卷二七七，題下注：「同用期字。」

雪謗後逢李叔度

盧綸

相逢空握手，往事不堪思。見少情難盡，愁深語自遲。草生分路處，雨散出山時。强得寬離恨，唯當說後期。

寒食

王建

田舍清明日，家家出火遲。白衫眠古巷，紅索搭高枝。紗帶生難結，銅釵重欲垂。斬新衣著盡，還似去年時。舍，去聲。著，入聲。

【今校】

《全唐詩》卷二九九與卷三八四兩存之，作者分别爲王建與張籍。「著」作「踏」，注「一作著」。

奉和兵部張侍郎酬鄆州馬尚書總祇召途中見寄開緘之日馬帥已再領鄆州之作

韓　愈

來朝當路日，承詔改轅時。再領須句國，仍遷少昊司。暖風抽宿麥，清雨捲歸旗。賴寄新珠玉，長吟慰我思。朝，音潮。句，音衢。少，去聲，下同。

【今校】

《全唐詩》卷三四四，題作「奉和兵部張侍郎（賈）酬鄆州馬尚書（總）祇召途中見寄開緘之日馬帥已再領鄆州之作」。「句」注「音劬」。四句下注：「總加檢校刑部尚書。」

久不見韓侍郎戲題四韻以寄之

白居易

近來韓閣老，疏我我心知。户大嫌甜酒，才高笑小詩。静吟乖月夜，閒醉曠花時。還有愁同處，春風滿鬢絲。閒，音閑，下並同。

【今校】

《全唐詩》卷四四二，「乖」注「一作乘」。

小歲日對酒吟錢湖州所寄詩

白居易

獨酌無多興，閒吟有所思。一杯新歲酒，兩句故人詩。楊柳初黃日，髭鬚半白時。蹉跎春氣味，彼此老心知。

偶作

白居易

紅杏初生葉，青梅已綴枝。闌珊花落後，寂寞酒醒時。坐悶低眉久，行慵舉足遲。少年君莫怪，頭白自應知。醒，讀平聲。

思山居一十首（其三）

李德裕

向平方畢娶，疏廣念歸期。澗底松成蓋，檐前桂長枝。徑閒芳草合，山靜落花遲。雖有苽園在，無因及種時。長，上聲。苽，音姑。種，去聲。

題程氏書齋

張　祜

僻巷難通馬，深園不藉籬。青蘿纏柏葉，紅粉墜蓮枝。雨燕銜泥近，風魚呷網遲。緣君尋小阮，好是更題詩。呷，音匣。

和項斯遊頭陀寺上方

歐陽袞

步入桃源裏，晴花更滿枝。峰迴山意曠，林杳竹光遲。遠寺尋龍藏，名香發雁池。閒能將遠語，况及上陽時。藏，去聲。

上汴州令狐相公

朱慶餘

罷相恩猶在，那容處静司。政嚴初領節，名重更因詩。公事巡營外，戎裝拜敕時。恭聞長與善，應念出身遲。相，去聲。那，讀平聲。處，上聲。

【今校】

《全唐詩》卷五一四，題中「汴州」注「一作淮南」。「外」注「一作後」。

盧氏池上遇雨贈同遊者

温庭筠

簟翻涼氣集，溪上潤殘棋。萍皺風來後，荷喧雨到時。寂寥閒望久，飄洒獨歸遲。無限松江恨，煩君解釣絲。皺，音縐。

【今校】

《全唐詩》卷五八二，「寥」注「一作寞」。「煩」注「一作勞」。

棋

裴說

十九條平路，言平又嶮巇。人心無算處，國手有輸時。勢迥流星遠，聲乾下雹遲。臨軒才一局，寒日已西垂。嶮巇，音險羲。乾，古寒切。

【今校】

《全唐詩》卷七二〇，「已」作「又」。

五微

奉和太子納妃太平公主出降

裴守真

瑜珮升青殿，穠華降紫微。還如桃李發，更似鳳皇飛。金屋真離象，瑶臺起婺徽。綵纓紛碧坐，繢羽泛褕衣。婺，音務。褕，音俞。

【今校】

《全唐詩》卷四四載此題有三首，又注「别本作一首」。

送蘇主簿赴偃師覲省

張九齡

我與文雄别，胡然邑吏歸。賢人安下位，鷙鳥欲卑飛。激節輕華冕，移官徇綵衣。羨君行樂處，從此拜庭闈。樂，音洛，下同。

【今校】

《全唐詩》卷四八，「吏」注「一作使」。

送趙司馬赴蜀州

宋之問

餞子西南望，煙綿劍道微。橋寒金雁落，林曙碧雞飛。職拜輿方遠，仙成履會歸。定知和氏璧，遥掩玉輪輝。

【今校】

《全唐詩》卷五二，「落」注「一作並」。

都尉山亭

杜審言

紫藤縈葛藟，緑刺罥薔薇。下釣看魚躍，探巢畏鳥飛。葉疏荷已晚，枝亞果新肥。勝迹都無限，祇應伴月歸。罥，音睊。應，平聲。

岳陽晚景

張　均

晚景寒鵶集，秋風旅雁歸。山光浮日出，霞彩映江飛。洲白蘆花吐，園紅柿葉稀。長沙卑濕地，九月未成衣。一作張籍詩。○鵶，同鴉。柿，音士。

按：此詩作者有四説：張均、張説、張籍、張渭。參見佟培基《全唐詩重出誤收考》（陝西人民教育出版社 1996 年版），第 58—59 頁，未有定論，今姑從原書。

春日侍宴芙蓉園應制

李 乂

水殿臨丹籞，山樓繞翠微。昔遊人託乘，今幸帝垂衣。澗篠緣峰合，巖花逗浦飛。朝來江曲地，無處不光輝。籞，音御，禁苑也。乘，去聲。篠，先了切。

【今校】

《全唐詩》卷九二，「朝來江曲地」注「一作朝迴曲江地」。

送李給事歸徐州覲省

孫 逖

列位登青鎖，還鄉復綵衣。共言晨省日，便是晝遊歸。春水經梁宋，晴山入海沂。莫愁東路遠，四牡正騑騑。復，去聲，下同。

南湖送徐二十七西上　劉長卿

家在横塘曲，那能萬里違。門臨秋水掩，帆帶夕陽飛。傲俗宜紗帽，干時倚布衣。獨將湖上月，相逐去還歸。那，讀平聲。

【今校】

《全唐詩》卷一四八，「掩」注「一作淹」。

宫中行樂詞八首（其七）　李白

寒雪梅中盡，春風柳上歸。宫鶯嬌欲醉，簷燕語還飛。遲日明歌席，新花艷舞衣。晚來移綵仗，行樂泥光輝。泥，去聲，滯也。

寄左省杜拾遺　岑參

聯步趨丹陛，分曹限紫微。曉隨天仗入，暮惹御香歸。白髮悲花落，青雲羡鳥飛。聖朝無闕事，自覺諫書稀。朝，音潮。

蔣山開善寺

李嘉祐

山殿秋雲裏，香煙出翠微。客尋朝磬至，僧背夕陽歸。下界千門在，前朝萬事非。看心兼送目，葭菼自依依。前朝之朝，音潮。菼，吐敢切。

【今校】

此詩《全唐詩》卷二〇六與二九四兩存之，作者分别爲李嘉祐與崔峒。卷二九四，「至」注「一作食」，「朝」注「一作期」。

遣憤

杜甫

聞道花門將，論功未盡歸。自從收帝里，誰復總戎機。蜂蠆終懷毒，雷霆可震威。莫令鞭血地，再濕漢臣衣。將，去聲，下同。論，平聲。蠆，丑邁切。令，平聲。

【今校】

《全唐詩》卷二二七，「戎」注「一作兵」，「戎機」注「一作軍麾」。詩末注「錢謙益曰：『回紇既助順收河北，賊平，恣行暴掠，前後賜賚，府藏爲竭。初，雍王見回紇可汗，不於帳前舞蹈。引章少華、魏琚等榜箠至死。漢臣鞭血，正記此事。』」

奉和張大夫酬高山人

司空曙

野客居鈴閣，重門將校稀。豸冠親穀弁，龜印識荷衣。坐久寒泉爽，談餘暮角微。蒼生須太傅，山在豈容歸。重，平聲。豸，宅買切。

【今校】

《全唐詩》卷二九二，「坐久」作「座右」，注「一作坐久」。「泉」作「飈」，注「一作泉」。

登潤州芙蓉樓

崔峒

上古人何在，東流水不歸。往來潮有信，朝暮事成非。煙樹臨沙靜，雲帆入海稀。郡樓多逸興，良牧謝玄暉。興，去聲。

送楊閑侍御拜命赴上都

劉商

賀客移星使，絲綸出紫微。手中霜作簡，身上繡爲衣。驄馬朝天疾，臺烏向日飛。親朋皆避路，不是送人稀。使，去聲。朝，音潮，下並同。

西風

白居易

西風來幾日，一葉已先飛。新霽乘輕屐，初涼換熟衣。淺渠鋪慢水，疏竹漏斜暉。薄暮青苔巷，家僮引鶴歸。

【今校】

《全唐詩》卷四五一，「鋪」作「銷」，注「一作鋪」。

問諸新友

白居易

七十人難到，過三更較稀。占花租野寺，定酒典朝衣。趁醉春多出，貪歡夜未歸。不知親故口，道我是耶非。過，平聲。占，去聲。

長安少年行十首（其八）

李　廓

新年高殿上，始見有光輝。玉雁排方帶，金鵝立仗衣。酒深和椀賜，馬疾打珂飛。朝下人争看，香街意氣歸。

西山廣福院

章孝標

野寺孤峰上，危樓聳翠微。捲簾滄海近，洗鉢白雲飛。竹影臨經案，松花點衲衣。日斜登望處，湖畔一僧歸。

及第後送家兄遊蜀

李遠

人誰無遠別，此别意多違。正鵠雖言中，冥鴻不共飛。玉京煙雨斷，巴國夢魂歸。若過嚴家瀨，慇懃看釣磯。中，去聲。

松江渡送人

許渾

故國今何在，扁舟竟不歸。雲移山漠漠，江闊樹依依。晚色千帆落，秋聲一雁飛。此時兼送客，憑檻欲沾衣。

【今校】《全唐詩》卷五三二，詩題一作「松江懷古」。

向晚

李商隱

當風横去幰，臨水卷空幃。北土鞦韆罷，南朝祓禊歸。花情羞脈脈，柳意悵微微。莫歎佳期晚，佳期自古稀。幰，許偃切，幨也。祓禊，音拂係。

送鄒明府遊靈武

賈島

曾宰西畿縣，三年馬不肥。債多憑劍與，官滿載書歸。邊雪藏行徑，林風透卧衣。靈州聽曉角，客館未開扉。曾，音層。聽，平聲。

【今校】《全唐詩》卷五七二，「憑」作「平」，注「一作憑」。

和襲美郊居十首（其五）

陸龜蒙

福地能容塹，玄關詎有扉。静思瓊版字，閒洗鐵筇衣。鳥破涼煙下，人銜暮雨歸。故園秋草夢，猶記緑微微。

塹，音槧，遶城水也。閒，音閑。

秋夕

李咸用

寥廓秋雲薄，空庭月影微。樹寒棲鳥密，砌冷夜蛩稀。曉鼓軍容肅，疏鐘客夢歸。吟餘何所憶，聖主尚宵衣。

六魚

送宛白趙少府

張九齡

解巾行作吏，尊酒謝離居。修竹含清景，華池澹碧虚。地將幽興愜，人與舊遊疏。林下紛相送，多逢長者車。興，去聲，下同。長，上聲。

【今校】

《全唐詩》卷四八，題中「白」作「句」。

和周記室從駕曉發合璧宮

李嶠

濯龍春苑曙，翠鳳曉旂舒。野色開煙後，山光澹月餘。風長笳響咽，川迥騎行疏。珠履陪仙駕，金聲振屬車。咽，入聲。騎，去聲。行，音杭，下同。

四月奉教作

李嶠

暄籥三春謝，炎鍾九夏初。潤浮梅雨夕，涼散麥風餘。葉暗庭幃滿，花殘院錦疏。勝情多賞託，尊酒狎簩箊。簩箊，音林於，竹名。

【今校】

《全唐詩》卷五八，「簩」作「林」。

餞荆州崔司馬

蘇頲

茂禮雕龍昔，香名展驥初。水連南海漲，星拱北辰居。稍發仙人履，將題别駕輿。明年徵拜入，荆玉不藏諸。稍，所教切，漸也。

奉和九日幸臨渭亭登高應制得餘字

蕭至忠

望幸三秋暮，登高九日初。朱旂巡漢苑，翠帟俯秦墟。寵極萸房遍，恩深菊酎餘。承歡何以答，萬億奉宸居。帟，夷益切，小幕曰帟。酎，音胄。

【今校】《全唐詩》卷一〇四，「旂」作「旗」。「房」注「一作香」。「奉」注「一作俯」。

除日

張子容

臘月今知晦，流年此夕除。拾樵供歲火，帖牖作春書。柳覺東風至，花疑小雪餘。忽逢雙鯉贈，言是上冰魚。供，讀平聲。上，上聲。

贈蕭河南

韋應物

厭劇辭京縣，褒賢待詔書。鄭侯方繼業，潘令且閒居。霽後三川冷，秋深萬木疏。對琴無一事，新興復何如。閒，音閑。復，去聲，下並同。

【今校】

《全唐詩》卷一八七，「深」注「一作餘」。

昌年宫之作

豆盧復

但有離宫處，君王每不居。旗門芳草合，輦路小槐疏。殿閉山煙滿，窗凝野靄虚。豐年多望幸，春色待鑾輿。

【今校】

《全唐詩》卷二〇三，題下注：「一本無『之』字。」「小」注「一作老」。

登兖州城樓

杜　甫

東郡趨庭日，南樓縱目初。浮雲連海岱，平野入青徐。孤嶂秦碑在，荒城魯殿餘。從來多古意，臨眺獨躊躇。

【今校】《全唐詩》卷二二四，首句下注：「時甫父閑爲兖州司馬。」「岱」作「嶽」。

重過何氏五首（其一）

杜　甫

問訊東園竹，將軍有報書。倒衣還命駕，高枕乃吾廬。花妥鶯捎蝶，溪喧獺趁魚。重來休沐地，真作野人居。妥，吐火切，與「墮」通，關中人謂「落」爲「妥」。捎，所交切。獺，他達切。重，平聲。

【今校】《全唐詩》卷二二四，「園」作「橋」。

寄高三十五詹事適

杜甫

安穩高詹事，兵戈久索居。時來如宦達，歲晚莫情疏。天上多鴻雁，池中足鯉魚。相看過半百，不寄一行書。看，讀平聲，下並同。過，平聲。

【今校】

《全唐詩》卷二二五，題下注：「以淮南節度爲李輔國所短，除太子詹事。」「如」注「一作知」。「池」注「一作河」。

秋夜寄張韋二主簿

錢起

涼夜褰簾好，輕雲過月初，碧空河色淺，紅葉露聲虛。道阻天難問，機忘世易疏。不知雙翠鳳，棲棘復何如。「褰」同「搴」。易，去聲。

【今校】

《全唐詩》卷二三七，「雲」注「一作風」。「色」注「一作漢」。「紅」注「一作松」。「露」注「一作落，一作雨」。「阻」注「一作隔」。「易」注「一作久」。

春日即事二首（録一）

耿湋

數畝東皋宅，青春獨屏居。家貧僮僕慢，官罷友朋疏。强飲沽來酒，羞看讀了書。閒花開滿地，惆悵復何如。屏、强，並上聲。

【今校】《全唐詩》卷二六八，此爲其二。「酒」作「灑」。「開」注「一作更」。

過章秀才洛陽客舍

姚倫

達人心自適，旅舍當閒居。不出來時徑，重看讀了書。晚山嵐色近，斜日樹陰疏。盡是忘言客，聽君誦子虛。舍，去聲。聽，平聲。

【今校】《全唐詩》卷二七二，「重」注「一作猶」。

景中秋八首(其五)

元稹

風頭難著枕，病眼厭看書。無酒銷長夜，回燈照小餘。三元推廢王，九曜入乘除。廊廟應多算，參差斡太虚。著，入聲。王，音旺，盛也。應，平聲。參，初簪切。差，楚宜切。斡，烏括切，運也。

題朱慶餘閒居四首(録一)

牟融

閒客幽棲處，瀟然一草廬。路通元亮宅，門對子雲居。按劍心猶壯，彈琴樂有餘。黄金都散盡，收得鄴侯書。樂，音洛，下同。

【今校】

《全唐詩》卷四六七，此爲四首其三。「彈琴」作「琴書」。

和襲美郊居十首(其一)

陸龜蒙

近來唯樂静，移傍故城居。閒打修琴料，時封謝藥書。夜停江上鳥，晴曬篋中魚。出亦圖何事，無勞置棧車。傍，去聲。

【今校】

《全唐詩》六二二，題作「襲美見題郊居十首因次韻酬之以伸榮謝」。

七虞

江漢

杜甫

江漢思歸客，乾坤一腐儒。片雲天共遠，永夜月同孤。落日心猶壯，秋風病欲蘇。古來存老馬，不必取長途。

【今校】

《全唐詩》卷二三〇，「蘇」作「疏」，注「一作蘇」。

酬喜相遇同州與樂天替代

劉禹錫

舊託松心契，新交竹使符。行年同甲子，筋力羨丁夫。別後詩成帙，攜來酒滿壺。今朝停五馬，不獨爲羅敷。使，去聲。爲，去聲，下同。

【今校】《全唐詩》卷三五八，詩末注：「前章所言春草，白君之舞妓也。故有此答。」

苦楝花

温庭筠

院裏鶯歌歇，牆頭蝶舞孤。天香薰羽葆，宫紫暈流蘇。晻曖迷青瑣，氤氲向畫圖。只應春惜别，留與博山爐。暈，音運。晻曖，音闇愛。氤氲，與絪緼同，氣也。應，平聲。

和襲美華頂杖

陸龜蒙

萬古陰崖雪，靈根不爲枯。瘦於霜鶴脛，奇似黑龍鬚。拄訪譚元客，持看潑墨圖。湖雲如有路，兼可到仙都。脛，胡定切。拄，音主，支也。看，讀平聲。

【今校】《全唐詩》卷六二二，題作「華頂杖」。

甘露寺東軒

周　繇

每日憐晴眺，閒吟只自娱。山從平地有，水到遠天無。老樹多封楚，輕煙暗染吴。雖居廊廡下，入户亦踟蹰。閒，音閑。

【今校】《全唐詩》卷六三五，「廊廡」作「此廊」。「踟」作「躊」。

八齊

春日洛陽城侍宴

姚　崇

南山開寶律，北渚對芳蹊。的歷風梅度，參差露草低。堯樽臨上席，舜樂下前溪。任重由爲醉，乘酣志轉迷。

幸白鹿觀應制

李　嶠

駐蹕三天路，回旓萬仞谿。真庭群帝饗，洞府百靈栖。玉酒仙罏釀，金方暗壁題。佇看青鳥入，還陟紫雲梯。旓，諸延切，旗曲柄也。看，讀平聲。

登潤州城

丘　爲

天末江城晚，登臨客望迷。春潮平島嶼，殘雨隔虹霓。鳥與孤帆遠，煙和獨樹低。鄉山何處是，目斷廣陵西。

晚出左掖

杜　甫

晝刻傳呼淺，春旗簇仗齊。退朝花裏散，歸院柳邊迷。樓雪融城濕，宮雲去殿低。避人焚諫草，騎馬欲鷄栖。呼，平聲。簇，音湊。朝，音潮。

【今校】

《全唐詩》卷二二五，「裏」作「底」。

巫山高

劉方平

楚國巫山秀，清猿日夜啼。萬重春樹合，十二碧峰齊。峽出朝雲下，江來暮雨西。陽臺歸路直，不畏向家迷。重，平聲。

春日閒居三首（録一）

秦系

一似桃源隱，將令過客迷。礙冠門柳長，驚夢院鶯啼。澆藥泉流細，圍棋日影低。舉家無外事，共愛草萋萋。令，平聲。長，上聲。澆，堅堯切，沃也。

按：此爲其一。

贈金河戍客

雍陶

慣獵金河路，曾逢雪不迷。射鵰青冢北，走馬黑山西。戍遠旌幡少，年深帳幕低。酬恩須盡敵，休説夢中閨。曾，音層。

渚宫立春書懷

吴　融

春候侵殘臘，江蕪緑已齊。風高鶯轉澀，雨密雁飛低。向日心須在，歸朝路欲迷。近聞驚御火，猶及灞陵西。朝，音潮。

雞公幘

韋　莊

石狀雖如幘，山形可類雞。向風疑欲鬬，帶雨似聞啼。蔓織青籠合，松長翠羽低。不鳴非有意，爲怕客奔齊。籠，平聲，檻也。爲，去聲。

【今校】

《全唐詩》卷六九九，題下注：「去褒城縣二十里。」

送翁拾遺

黄　滔

還家俄赴闕，别思肯淒淒。山坐軺車看，詩持諫筆題。天開中國大，地設四維低。拜舞吾君後，青雲更有梯。思，去聲。軺，音韶。

【今校】《全唐詩》卷七〇四，「俄」注「一作還」。「持」注「一作將」。

奉和裴舍人春日杜城舊事

無可

早晚辭綸綍，觀農下杜西。草新池似鏡，麥暖土如泥。鵁鶄依川宿，驊騮向野嘶。春來詩更苦，松韻亦含淒。綍，音弗。鵁，音淵。

【今校】《全唐詩》卷八一四，「宿」注「一作息」。

九佳

春感

李白

茫茫南與北，道直事難諧。榆莢錢生樹，楊花玉糝街。塵縈遊子面，蝶弄美人釵。却憶青山上，雲門掩竹齋。糝，桑感切。

【今校】

《全唐詩》卷一八五，題注云：「白隱居戴天大匡山，往來旁郡，依潼江趙徵君蕤。蕤亦節士，任俠有氣，善爲縱橫學，著書號《長短經》。白從學歲餘，去遊成都，賦此詩。益州刺史蘇頲見而異之。」

送元晟歸江東舊居

李端

澤國舟車接，關門雨雪乖。春天行故楚，夜月入清淮。講《易》居山寺，論詩到郡齋。蔣家人暫別，三路草連階。論，平聲。

和左司元郎中秋居十首（其八）

張籍

菊地纔通屐，茶房不壘階。憑醫看蜀藥，寄信覓吳鞋。盡得仙家法，多隨道客齋。本無榮辱意，非是學安排。看，讀平聲。

【今校】《全唐詩》卷三八四，「屐」作「履」，注「一作屐」。

題曾氏園林　張祜

十畝長隄宅，蕭疏半老槐。醉眠風卷簟，棋罷月移階。斫樹遺桑斧，澆花濕筍鞋。還將《齊物論》，終歲自安排。澆，堅堯切。

【今校】《全唐詩》卷五一〇，「月」注「一作日」。

贈友人　賈島

五字詩成卷，清新韻具諧。不同狂客醉，自伴律僧齋。春別和花樹，秋辭帶月淮。恰歸登第日，名近榜頭排。

【今校】《全唐詩》卷五七三，「韻具」注「一作少得」。「恰」作「卻」。

十灰

九月九日上幸慈恩寺登浮圖群臣上菊花壽酒　上官昭容

帝里重陽節，香園萬乘來。卻邪萸結佩，獻壽菊傳杯。塔類承天湧，門疑待佛開。睿詞懸日月，長得仰昭回。重，平聲，下並同。乘，去聲，下同。

【今校】

《全唐詩》卷五、卷五四重出，作者分别爲上官昭容、崔湜。「結」作「入」，注「一作結」。

九月九日贈崔使君善爲　王績

野居迷節候，端坐隔塵埃。忽見黄花吐，方知素節回。映巖千段發，臨浦萬株開。香氣徒盈把，無人送酒來。

【今校】

《全唐詩》卷三七，「居」作「人」。

立春日晨起對積雪

張九齡

忽對林亭雪，瑶華處處開。今年迎氣始，昨夜伴春回。玉潤窗前竹，花繁院裏梅。東郊齋祭所，應見五神來。應，平聲，下同。

奉和立春日侍宴内出翦綵花應制

宋之問

金閣妝仙杏，瓊筵弄綺梅。人間都未識，天上忽先開。蝶繞香絲住，蜂憐豔粉迴。今年春色早，應爲翦刀催。爲，去聲，下同。

【今校】

《全唐詩》卷五二，「仙」作「新」，注「一作仙」。「豔粉」注「一作彩豔」。

奉和九日登慈恩寺浮圖應制

宋之問

瑞塔千尋起，仙輿九日來。萸房陳寶席，菊蕊散花臺。御氣鵬霄近，升高鳳野開。天歌將梵樂，空裏共徘徊。梵，扶泛切。

寒食清明日早赴王門率成

李　嶠

遊客趨梁邸，朝光入楚臺。槐煙乘曉散，榆火應春開。日帶晴虹上，花隨早蝶來。雄風將令節，餘吹拂輕灰。邸，典禮切。吹，去聲，下同。

珠

李　嶠

燦爛金輿側，玲瓏玉殿隈。昆池明月滿，合浦夜光回。彩逐靈蛇轉，形隨舞鳳來。甘泉宮起罷，花媚望風臺。

舟

李　嶠

征櫂三江暮，連檣萬里回。相烏風際轉，畫鷁浪前開。羽客乘霞至，仙人弄月來。何當同傅説，特展巨川材。櫂，與棹同。相，去聲。鷁，音逆。説，音悦。

宿羽亭侍宴應制

杜審言

步輦千門出，離宮二月開。風光新柳報，宴賞落花催。碧水摇空閣，青山繞吹臺。聖情留晚興，歌管送餘杯。興，去聲，下並同。

【今校】

《全唐詩》卷六二，「空」注「一作雲」。

登襄陽城

杜審言

旅客三秋至，層城四望開。楚山横地出，漢水接天回。冠蓋非新里，章華即舊臺。習池風景異，歸路滿塵埃。

夏日過鄭七山齋

杜審言

共有尊中好，言尋谷口來。薜蘿山逕入，荷芰水亭開。日氣含殘雨，雲陰送晚雷。洛陽鐘鼓至，車馬繫遲回。芰，奇寄切。

【今校】

《全唐詩》卷六二，「尊」作「樽」。

奉和聖製白鹿觀應制

張説

洞府寒山曲，天遊日旰回。披雲看石鏡，拂雪上金臺。竹徑龍驂下，松庭鶴轡來。雙童還獻藥，五色耀仙材。旰，音岸，晚也。看，讀平聲。上，上聲。下，去聲。

奉和同皇太子過慈恩寺應制二首（録一）

張説

翼翼宸恩永，煌煌福地開。離光升寶殿，震氣繞香臺。上界幡花合，中天日月來。願君無量壽，仙樂展徘徊。幡，音翻。

【今校】

《全唐詩》卷八七，「日月」作「伎樂」，注「一作日月」。按：此爲其一，其二云：「朗朗神居峻，軒軒瑞象威。聖君成願果，太子拂天衣。至樂三靈會，深仁四皓歸。還聞渦水曲，更繞白雲飛。」

奉和七夕宴兩儀殿應制

蘇　頲

靈媛乘秋發，仙裝警夜催。月光窺欲渡，河色辨應來。機石天文寫，鍼樓御賞開。竊觀棲鳥至，疑向鵲橋迴。媛，音院。

三日梨園侍宴

沈佺期

九重馳道出，三巳禊堂開。晝鷁中流動，青龍上苑來。野花飄御座，河柳拂天杯。日晚迎祥處，笙鏞下帝臺。

【今校】

《全唐詩》卷九六，「三」注「一作上」。

嶽館

沈佺期

洞壑仙人館，孤峰玉女臺。空濛朝氣合，窈窕夕陽開。流澗含輕雨，虛巖應薄雷。正逢鸞與鶴，歌舞出天來。

侍宴安樂公主新宅應制

武平一

紫漢秦樓敞，黄山魯館開。簪裾分上席，歌舞列平臺。馬既如龍至，人疑學鳳來。幸茲聯棣蕚，何以接鄒枚。敞，昌兩切，高顯貌。

【今校】

《全唐詩》卷一〇二，「茲」注「一作忻」。

奉和九月九日登慈恩寺浮圖應制

樊忱

净境重陽節，仙遊萬乘來。插萸登鷲嶺，把菊坐蠻臺。十地祥雲合，三天瑞景開。秋風詞更遠，竊忭樂康哉。鷲，音就。樂，音洛。

【今校】

《全唐詩》卷一〇五，「雲」注「一作煙」。

甯王山池

范　朝

水勢臨階轉，峰形對路開。槎從天上得，石是海邊來。瑞草分叢種，祥花間色栽。舊傳詞賦客，唯見有鄒枚。間，去聲。

【今校】

《全唐詩》卷一四五，「槎」作「楂」。

酬秦系

劉長卿

鶴書猶未至，那出白雲來。舊路經年別，寒潮每日迴。家空歸海燕，人老發江梅。最憶門前柳，閒居手自栽。閒，音閑，下同。

西亭送蔣侍御還京

岑　參

忽聞驄馬至，喜見故人來。欲語多時別，先愁計日回。山河宜晚眺，雲霧待君開。爲報烏臺客，須憐白髮催。

【今校】《全唐詩》卷二〇〇,「待」注「一作賴」。

陪鄭廣文遊何將軍山林十首（其五）

杜　甫

賸水滄江破,殘山碣石開。緑垂風折筍,紅綻雨肥梅。銀甲彈箏用,金魚换酒來。興移無灑掃,隨意坐莓苔。綻,丈莧切。莓,音枚。

【今校】《全唐詩》卷二二四,「魚」注「一作盤」。

送翰林張司馬南海勒碑

杜　甫

冠冕通南極,文章落上台。詔從三殿去,碑到百蠻開。野館穠花發,春帆細雨來。不知滄海使,天遣幾時回。使,去聲。

【今校】《全唐詩》卷二二五,「三殿」注「一作天上」。「穠」作「濃」,注「一作穠」。「使」作「上」,注「一作使」。

殘暑招客

白居易

雲截山腰斷，風驅雨脚回。早陰江上散，殘暑日中來。恰取生衣著，重拈小簟開。誰能淘晚熱，閒飲兩三杯。著，入聲。拈，尼占切。

【今校】《全唐詩》卷四四〇，正文「暑」作「熱」。「恰」作「卻」。「小」作「竹」，注「一作小」。

小園獨酌

李商隱

柳帶誰能結，花房未肯開。空餘雙蝶舞，竟絶一人來。半展龍鬚席，輕斟馬腦杯。年年春不定，虚信歲前梅。

【今校】《全唐詩》卷五四〇，「馬腦」作「瑪瑙」，「瑪」注「一作馬」。

宴韋侍御新亭

林　滋

煙磴披青靄，風筵藉紫苔。花香凌桂醑，竹影落藤杯。鳴籟將歌遠，飛枝拂舞開。不愁留興晚，明月度雲來。磴，都鄧切。醑，寫與切。

奉試詔用拓拔思恭爲京北收復都統

李　琪

飛騎經巴棧，榮恩及夏臺。將從天上去，人自日邊來。此處金門遠，何時玉輦迴。早平關右賊，莫待詔書催。騎、將，並去聲。

新妝詩

楊容華

啼鳥驚眠罷，房櫳曙色開。鳳釵金作縷，鸞鏡玉爲臺。妝似臨池出，人疑向月來。自憐終不見，欲去復徘徊。復，去聲。

【今校】

《全唐詩》卷七九九，「啼」注「一作宿，一作林」。「曙色」作「乘曉」，注「一作曙色」。「向月」注

「一作月下」。「終不見」注「一作方未已」。

菊

無可

東籬摇落後，密豔被寒催。夾雨驚新折，經霜忽盡開。野香盈客袖，禁蘂泛天杯。不共春蘭並，悠揚遠蝶來。

寄答武陵幕中何支使二首（録一）

齊己

十萬雄軍幕，三千上客才。何當談笑外，遠慰寂寥來。騷雅鏘金擲，風流醉玉頹。争知江雪寺，老病向寒灰。

按：此爲其一，其二云：「南州無百戰，北地有長征。閒殺何從事，傷哉蘇子卿。江樓聯雪句，野寺看春耕。門外滄浪水，風波雜雨聲。」

十一真

同劉晃喜雨 明皇

節變寒初盡，時和氣已春。繁雲先合寸，膏雨自依旬。颯颯飛平野，霏霏靜暗塵。懸知花葉意，朝夕望中新。颯，悉合切。

翦綵 張九齡

姹女矜容色，爲花不讓春。既爭芳意早，誰待物華真。葉作參差發，枝從點綴新。自然無限態，長在豔陽晨。姹，音詫，上聲，少女也。

途中寒食題黃梅臨江驛寄崔融 宋之問

馬上逢寒食，愁中屬暮春。可憐江浦望，不見洛陽人。北極懷明主，南溟作逐臣。故園腸斷處，日夜柳條新。

燭

李嶠

兔魄清光隱，龍盤畫燭新。三星花入夜，四序玉調辰。浮炷依羅幌，吹香匝綺茵。若逢燕國相，持用舉賢人。炷，音注。幌，户廣切。燕，平聲。相，去聲。

【今校】

《全唐詩》卷六〇，「魄」作「月」。

南中贈高六戩

張説

北極辭明代，南溟宅放臣。丹誠由義盡，白髮帶愁新。鳥墜炎洲氣，花飛洛水春。平生歌舞地，誰識不歸人。

【今校】

《全唐詩》卷八七，「地」作「席」，「識」作「憶」。

春晚送瑕丘田少府還任因寄洛中鏡上人

蘇頲

聞道還沂上，因聲寄洛濱。别時花欲盡，歸處酒應春。聚散同行客，悲歡屬故人。少年追樂地，遥贈一霑巾。應，平聲，下並同。少，去聲。樂，音洛。

巫山高

張循之

巫山高不極，合沓狀奇新。暗谷疑風雨，陰崖若鬼神。月明三峽曉，潮滿九江春。爲問陽臺客，應知入夢人。一作沈佺期詩。○沓，達合切。爲，去聲。

【今校】

《全唐詩》卷一七、卷九六、卷九九三出。卷一七、卷九九均屬張循之作。卷一七「合沓」作「沓沓」，首「沓」注「一作合」。「陰崖」作「幽巖」，「巖」注「集作崖」。「曉」作「曙」，注「集作曉」。「九」作「二」，注「集作九」。「客」作「夕」，注「集作客」。卷九九題下注「一作沈佺期詩」。卷九六列爲沈佺期作，於詩末注「此詩范攄云佺期作。顧陶云張循作」。

奉和四月三日上陽水窗賜宴應制得春字

孫逖

今日逢初夏，歡遊續舊旬。氣和先作雨，恩厚別成春。鳳吹臨清洛，龍輿下紫宸。此中歌在藻，還見躍潛鱗。吹，去聲。

正月十五日夜應制

孫　逖

洛城三五夜，天子萬年春。綵仗移雙闕，瓊筵會九賓。舞成蒼頡字，燈作法王輪。不覺東方白，遥垂御柳新。頡，奚結切。

【今校】《全唐詩》卷一一八，「城」注「一作陽」。「白」作「日」，注「一作白」。「遥垂」注「一作筵隨」。「柳」作「藻」，注「一作柳」。

送李補闕攝御史充河西節度判官

孫　逖

昔年叨補衮，邊地亦埋輪。官序慙先達，才名畏後人。西戎雖獻款，上策恥和親。早赴前軍幕，長清外域塵。

【今校】《全唐詩》卷一一八，「前軍」注「一作軍戎」。

宫中行樂詞八首（其五）

李　白

繡户香風暖，紗窗曙色新。宫花争笑日，池草暗生春。緑樹聞歌鳥，青樓見舞人。昭陽桃李月，羅綺自相親。

【今校】

《全唐詩》卷二八、卷一六四，「自」注「一作坐」。

送楊瑗尉南海

岑　參

不擇南州尉，高堂有老親。樓臺重蜃氣，邑里雜鮫人。海暗三山雨，花明五嶺春。此鄉多寶玉，慎莫厭清貧。重，平聲。蜃，時忍切。

【今校】

《全唐詩》卷二〇〇，「花」注「一作江」。

登湓城浦望廬山初晴直省齋敕催赴江陰

李嘉祐

西望香鑪雪，千峰晚照新。白頭悲作吏，黄紙苦催人。多負登山屐，深藏漉酒巾。傷心公府内，手板日相親。漉，音禄。

【今校】

《全唐詩》卷二〇六，「鑪」作「爐」。「照」作「色」，注「一作照」。「苦」注「一作更」。

喜達行在所三首（録一）

杜　甫

愁思胡笳夕，凄凉漢苑春。生還今日事，間道暫時人。司隸章初覩，南陽氣已新。喜心翻倒極，嗚咽淚霑巾。思，去聲。間，去聲。咽，入聲。

【今校】

《全唐詩》卷二二五，「愁」注「一作秋」。「淚」注「一作涕」。

獨酌成詩

杜　甫

燈花何太喜，酒緑正相親。醉裏從爲客，詩成覺有神。兵戈猶在眼，儒術豈謀身。苦被微官縛，低頭愧野人。

【今校】

《全唐詩》卷二二五，「緑」注「一作色」。「苦」作「共」，注「一作苦」。

贈別鄭鍊赴襄陽

杜　甫

戎馬交馳際，柴門老病身。把君詩過日，念此別驚神。地闊峨眉曉，天高峴首春。爲於耆舊内，試覓姓龐人。峴，音賢，上聲。爲，去聲。

【今校】

《全唐詩》卷二二六，「日」注「一作目」。「念此」句注「一作念別意驚神」。「曉」作「晚」，注「一作曉，一作遠」。

別江南

顧　況

江城吹曉角，愁殺遠行人。漢將猶防虜，吴官欲向秦。布帆輕白浪，錦帶入紅塵。將底求名宦，平生但任真。將，去聲。

步虛詞

顧況

迴步遊三洞，清心禮七真。飛符超羽翼，焚火醮星辰。殘藥沾雞犬，靈香出鳳麟。壺中無窄處，願得一容身。醮，子肖切。窄，音責。

【今校】《全唐詩》卷二一九、卷二六六，「焚」注「一作禁」。「靈」注「一作空」。

詠史

戎昱

漢家青史上，計拙是和親。社稷依明主，安危託婦人。豈能將玉貌，便擬靜胡塵。地下千年骨，誰爲輔佐臣。

【今校】《全唐詩》卷二七〇，詩題注「一作和蕃」。「胡」注「一作煙」。

臘夜對酒

羊士諤

琥珀盃中物，瓊枝席上人。樂聲方助醉，燭影已含春。自顧行將老，何辭坐達晨。傳觴稱厚德，不問吐車茵。

資中早春

羊士諤

一雨東風晚，山鶯獨報春。淹留巫峽夢，惆悵洛陽人。柳意籠丹檻，梅香覆錦茵。年華行可惜，瑶瑟莫生塵。籠，平聲。覆，去聲。

夏日對雨

裴度

登樓逃盛暑，萬象正埃塵。對面雷嗔樹，當街雨趁人。簷疏蛛網重，地濕燕泥新。吟罷清風起，荷香滿四鄰。嗔，稱人切。

【今校】

《全唐詩》卷三三五，「暑」作「夏」，注「一作暑」。

初至長安時自外郡再授郎官

劉禹錫

左遷凡二紀，重見帝城春。老大歸朝客，平安出嶺人。每行經舊處，恰想似前身。不改南山色，其餘事事新。重，平聲，下同。朝，音潮，下同。

客中守歲

白居易

守歲尊無酒，思鄉淚滿巾。始知爲客苦，不及在家貧。畏老偏驚節，防愁預惡春。故園今夜裏，應念未歸人。惡，去聲。

遊寶稱寺

白居易

竹寺初晴日，花塘近曉春。野猿疑弄客，山鳥欲呼人。酒嫩傾金液，茶新碾玉塵。可憐幽静地，堪寄老慵身。呼，平聲。碾，本作碾，尼展切。

【今校】

《全唐詩》卷四三九，「曉」注「一作晚」。「欲」作「似」。

巴江

白居易

城下巴江水，春來似麴塵。軟沙如渭曲，斜岸憶天津。影蘸新黄柳，香浮小白蘋。臨流搔首坐，惆悵爲何人。麴，丘六切。蘸，莊驗切。爲，去聲。

何處難忘酒七首（其一）

白居易

何處難忘酒，長安喜氣新。初登高第後，乍作好官人。省壁明張牓，朝衣穩稱身。此時無一醆，争奈帝城春。稱，去聲。醆，同琖。

勸酒

李敬方

不向花前醉，花應解笑人。只因連夜雨，又過一年春。日日無窮事，區區有限身。若非杯酒裏，何以寄天真。

【今校】

《全唐詩》卷五〇八，「因」作「憂」，注「一作因」。

送北陽袁明府

温庭筠

楚鄉千里路，君去及良辰。葦浦迎船火，茶山候吏塵。桑濃蠶卧晚，麥秀雉聲春。莫作東籬興，青雲有故人。興，去聲。

【今校】

《全唐詩》卷五八三，「辰」作「晨」。

早春滻水送友人

温庭筠

郭門煙野外，渡滻送行人。鴨卧溪沙暖，鳩鳴社樹春。淺波青有石，幽草緑無塵。楊柳東風裏，相看淚滿巾。滻，音産。看，讀平聲，下同。

【今校】

《全唐詩》卷五八三，「郭」作「青」。「淺」作「殘」，注「一作淺」。

題金山寺

許棠

四面波濤匝，中峰日月鄰。上窮如出世，下瞷忽驚神。塔礙長空鳥，船通外國人。房房皆疊石，風掃永無塵。瞷，居諫切。

【今校】

《全唐詩》卷六〇三，「峰」作「樓」，注「一作峰」。「塔」作「刹」，注「一作塔」。

逢韓喜

唐彦謙

相逢渾不覺，祇似茂陵貧。裹裹花驕客，瀟瀟雨净春。借書消茗困，索句寫梅真。此去青雲上，知君有幾人？裹，同嫋。

送崔詹事論之上都

皎然

金虎城池在，銅龍劍佩新。重看前浦柳，猶憶舊洲蘋。遠思秦雲暮，歸心臘月春。青園遊處杳，惆悵別離人。思，去聲。

【今校】

《全唐詩》卷八一九，「遊處杳」作「昔遊處」。

十二文

井

李嶠

玉甃談仙客，銅臺賞魏君。蜀都宵映火，杞國旦生雲。向日蓮花净，含風李樹薰。已開千里域，還聚五星文。甃，音縐。

【今校】《全唐詩》卷五九，「域」作「國」。

旗

李嶠

桂影承宵月，虹輝接曙雲。縱横齊八陣，舒卷引三軍。日薄蛟龍影，風翻鳥隼文。誰知懷勇志，蟠地幾繽紛。縱，音蹤。隼，音筍。

秋夜宴臨津鄭明府宅

杜審言

行止皆無地，招尋獨有君。酒中堪累月，身外即浮雲。露白宵鐘徹，風清曉漏聞。坐攜餘興往，還似未離群。興，去聲。

【今校】

《全唐詩》卷六二，「露」注「一作霜」。

奉和九月九日登慈恩寺浮圖應制

李恒

寶地臨丹掖，香臺瞰碧雲。河山天外出，城闕樹中分。睿藻蘭英秀，仙杯菊蘂薰。願將今日樂，長奉聖明君。掖，夷益切。瞰，音闞，與矙通，俯視也。樂，音洛。

【今校】

《全唐詩》卷一〇五，「臨」作「鄰」，注「一作臨」。「河」注「一作關」。「天」注「一作江」。

送路少府使東京便應制舉

劉長卿

故人西奉使，胡騎正紛紛。舊國無來信，春江獨送君。五言淩白雪，六翮向青雲。自是無機者，沙鷗已可群。使，去聲，下同。騎，去聲。翮，下革切。

【今校】

《全唐詩》卷一四八，題注「一題作送駱三少府西山應制」。首二句注「一作汀洲芳草緑，日暮更氛氳」。末二句作「誰念滄洲吏，忘機鷗鳥群」（「吏」注「一作史」），注「一作自是無機者，沙鷗已可群。又作空自無機事，沙鷗已可群」。

過包尊師山院

劉長卿

賣藥曾相識，吹簫此復聞。杏花誰是主，桂樹獨留君。漱玉臨丹井，圍棋訪白雲。道經今爲寫，不慮惜鵝群。曾，音層。復，去聲，下同。漱，音瘦。爲，去聲，下同。

江行夜宿龍吼灘臨眺思峨眉隱者兼寄幕中諸君

岑參

官舍臨江口，灘聲已慣聞。水煙晴吐月，山火夜燒雲。且欲尋方士，無心戀使君。異鄉何可住，况復久離群。舍，去聲。

【今校】

《全唐詩》卷二〇〇，「已」作「人」，注「一作已」。

舟中夜雪有懷盧十四侍御弟

杜甫

朔風吹桂水，朔雪夜紛紛。暗度南樓月，寒深北渚雲。燭斜初近見，舟重竟無聞。不識山陰道，聽雞更憶君。聽，平聲。

【今校】《全唐詩》卷二三三，「朔雪」注「一作大」。

送雍郢州

李端

厭郎思出守，遂領漢東軍。望月逢殷浩，緣江送范雲。城閒煙草徧，浦迥雪林分。誰伴樓中宿，吟詩估客聞。閒，音閑。

【今校】《全唐詩》卷二八五，「守」注「一作寺」。

假攝池州留別東溪隱居

朱灣

一官仍是假，豈願數離群。愁鬢看如雪，浮名認是雲。暫辭南國隱，莫勒北山文。今後松溪月，還應夢見君。數，音朔。看，讀平聲。應，平聲。

謝柳子厚寄疊石硯

劉禹錫

常時同硯席，寄硯感離群。清越敲寒玉，參差疊碧雲。煙嵐除斐亹，水墨兩氛氳。好與陶貞白，松窗寫紫文。亹，音尾。氛，音汾。氛氳，氣盛貌。

【今校】

《全唐詩》卷三五八，「寄硯」注「一作此」。

送無夢道人先歸甘露寺

許渾

飄飄隨晚浪，杯影入鷗群。岸凍千船雪，巖陰一寺雲。夜燈江北見，寒磬浦西聞。鶴嶺煙霞在，歸期不羨君。

【今校】

《全唐詩》「飄飄」注「一作飄颻」。「岸」注「一作萍」。「浦」作「水」，注「一作浦」。

哭劉司户蕡二首（録一）

李商隱

離居星歲易，失望死生分。酒甕凝餘桂，書籤冷舊芸。江風吹雁急，山木帶蟬曛。一叫千迴首，天高不爲聞。

按：《全唐詩》題作「哭劉司户二首」。此爲其一，其二云：「有美扶皇運，無誰薦直言。已爲秦逐客，復作楚冤魂。湓浦應分派，荆江有會源。并將添恨淚，一灑問乾坤。」

十三元

送金城公主適西蕃應制

沈佺期

金榜扶丹掖，銀河屬紫閽。那堪將鳳女，還以嫁烏孫。玉就歌中怨，珠辭掌上恩。西戎非我匹，明主至公存。掖，夷益切。

春日芙蓉園侍宴應制

宋之問

夫容秦地沼，盧橘漢家園。谷轉斜盤徑，川迴曲抱原。風來花自舞，春入鳥能言。侍宴瑶池夕，歸途騎吹繁。騎、吹，並去聲。

【今校】

《全唐詩》卷五二，「夫容」作「芙蓉」。「騎」作「笳」，注「一作騎」。

望兜率寺

杜甫

樹密當山逕，江深隔寺門。霏霏雲氣重，閃閃浪花翻。不復知天大，空餘見佛尊。時應清盥罷，隨喜給孤園。閃，失冉切。閃閃，動貌。復，去聲。應，平聲。

【今校】

《全唐詩》卷二二七，「重」注「一作動」。「盥」注「一作興」。

甘園

杜甫

春日清江岸，千甘二頃園。青雲羞葉密，白雪避花繁。結子隨邊使，開筒近至尊。後於桃李熟，終得獻金門。甘，同柑。使，去聲。

【今校】

《全唐詩》卷二二七，「羞」注「一作著」。

瞿塘兩崖

杜甫

三峽傳何處，雙崖壯此門。入天猶石色，穿水忽雲根。猱玃鬚髯古，蛟龍窟宅尊。羲和冬馭近，愁畏日車翻。猱，奴刀切。玃，居縛切。窟，苦骨切。

【今校】

《全唐詩》卷二二九，「冬」注「一作驂」。

寄高適

杜　甫

楚隔乾坤遠，難招病客魂。詩名惟我共，世事與誰論。北闕更新主，南星落故園。定知相見日，爛熳倒芳尊。

蕭文學山池宴集

獨孤及

檀欒千畝緑，知是辟疆園。遠岫當庭户，諸花覆水源。主人邀盡醉，林鳥助狂言。莫問愁多少，今皆付酒樽。辟，毗亦切。覆，去聲。

禪智寺

張　祜

寶殿依山嶮，臨虛勢若吞。畫檐齊木末，香砌壓雲根。遠景窗中岫，孤煙海上村。憑高聊一望，鄉思隔吴門。砌，七計切，階甃也。思，去聲。

【今校】

《全唐詩》卷五一〇，「海上」作「竹裹」，注「一作海上」。

南樓春望

許渾

南樓春一望，雲水共昏昏。野店歸山路，危橋帶郭村。晴煙和草色，夜雨長溪痕。下岸誰家住，殘陽半掩門。長，上聲。

下第歸蒲城墅居

許渾

失意歸三徑，傷春別九門。薄煙楊柳路，微雨杏花村。牧豎還呼犢，隣翁亦抱孫。不知余正苦，迎馬問寒温。

十四寒

酬楊比部暮宿琴堂朝躋書閣見贈之作

盧照鄰

閒拂檐塵看，鳴琴候月彈。桃源迷漢姓，松徑有秦官。空谷歸人少，青山背日寒。羡君栖隱處，遥望白雲端。閒，音閑。

【今校】

《全唐詩》卷四二，題作「酬楊比部員外暮宿琴堂朝躋書閣率爾見贈之作」，注「一作王維詩」。「徑」注「一作樹」。「白」作「在」，注「一作白」。

七夕

祖詠

閨女求天女，更闌意未闌。玉庭開粉席，羅袖捧金盤。向月穿鍼易，臨風整線難。不知誰得巧，明旦試相看。易，去聲，下並同。

留别蘇臺知己

劉長卿

又過梅嶺上，歲歲北枝寒。落日孤舟去，青山萬里看。猿聲湘水静，草色洞庭寛。已料生涯事，唯應把釣竿。過，平聲。應，平聲，下並同。

【今校】

《全唐詩》卷一四七，題作「卻赴南邑留别蘇臺知己」，北作「此」，注「一作北」。

陪王郎中尋孔徵君

韋應物

俗吏閒居少，同人會面難。偶隨香署客，來訪竹林歡。暮館花微落，春城雨暫寒。甕間聊共酌，莫使宦情闌。閒居之閒，音閑。

仲夏江陰官舍寄裴明府

李嘉祐

萬室邊江火，孤城對海安。朝霞晴作雨，濕氣晚生寒。苔色侵衣桁，潮痕上井欄。題詩招茂宰，思爾欲辭官。桁，音航，去聲。

【今校】

《全唐詩》卷二〇六，「火」作「次」。

和苗員外寓直中書

包何

朝列稱多士，君家有二難。貞爲臺裏柏，芳作省中蘭。夜宿分曹闊，晨趨接武歡。每憐雙闕下，雁序入鴛鸞。朝，音潮。

【今校】

《全唐詩》卷二〇八，詩題一作「和苗員外寓直寄臺中舍弟」。「宿」注「一作直」。「闊」注「一作間」。「晨」注「一作朝」。

使青夷軍入居庸

高　適

匹馬行將夕，征途去轉難。不知邊地別，衹訝客衣單。溪冷泉聲苦，山空木葉乾。莫言關塞極，雨雪尚漫漫。塞，去聲，下同。漫，音瞞，漫漫，路長貌。

【今校】

《全唐詩》卷二一四，「夕」作「久」。按此詩題爲三首，其二云：「古鎮青山口，寒風落日時。巖巒鳥不過，冰雪馬堪遲。出塞應無策，還家賴有期。東山足松桂，歸去結茅茨。」其三云：「登頓驅征騎，栖遲愧寶刀。遠行今若此，微禄果徒勞。絶坂水連下，群峰雲共高。自堪成白首，何事一青袍。」

與鄠縣源大少府宴渼陂

杜　甫

應爲西陂好，金錢罄一餐。飯抄雲子白，瓜嚼水精寒。無計回船下，空愁避酒難。主人情爛熳，持答翠琅玕。

按：《全唐詩》卷二二四，題下注：「得寒字。」「雲子」下注：「碎雲母，比米之白。」

秦州雜詩二十首（其十九）

杜甫

鳳林戈未息，魚海路常難。候火雲烽峻，懸軍幕井乾。風連西極動，月過北庭寒。故老思飛將，何時議築壇。將，去聲，下同。

【今校】

《全唐詩》卷二二五，「鳳林」注「屬河州」。「魚海」注「在河州西」。「烽」注「一作峰」。「幕」注「一作暮」。「時」注「一作人」。

夕烽

杜甫

夕烽來不近，每日報平安。塞上傳光小，雲邊落點殘。照秦通警急，過隴自艱難。聞道蓬萊殿，千門立馬看。

【今校】

《全唐詩》卷二二五，「近」注「一作止」，「來不近」注「一作明照灼」。「每日」注「一作了了」。「光」注「一作聲」。「落」注「一作數」。「照秦」二句注「一作焰銷仍再滅，煙迥不勝寒」。「聞道」注「一作恐照」。末句注「一作城中幾道看」。

贈章八元

張　繼

相見談經史，江樓坐夜闌。風聲吹户響，燈影照人寒。俗薄交遊盡，時危出處難。衰年逢二妙，亦得悶懷寬。處，上聲，下同。

和王相公題中書叢竹寄直元相公

郎士元

多時仙掖裏，色并翠琅玕。幽意含煙月，清陰庇蕙蘭。枝繁宜露重，葉老愛天寒。竟日雙鸞止，孤吟爲一看。爲，去聲。

【今校】

《全唐詩》卷二四八，題作「和王相公題中書叢竹寄上元相公」。

送吉中孚拜官歸業

李端

南入華陽洞，無人古樹寒。吟詩開舊帙，帶綬上荒壇。因病求歸易，霑恩更隱難。孟宗應獻鮓，家近守漁官。鮓，側下切。

與友人會

楊凝

蟬吟槐蘂落，的的是愁端。病覺離家遠，貧知處世難。真交無所隱，深語有餘歡。未必聞歌吹，羈心得暫寬。一作李昌符詩。○吹，去聲。

留北客

白居易

峽外相逢遠，尊前一會難。即須分手別，且强展眉歡。楚袖蕭條舞，巴弦趣數彈。笙歌隨分有，莫作帝鄉看。强，上聲，下同。趣數，音促速，疾也。隨分之分，去聲。

酬周協律

白居易

五十錢唐守，應爲送老官。濫蒙辭客愛，猶作近臣看。鑿落愁須飲，琵琶悶遣彈。白頭雖强醉，不似少年歡。鑿落，飲器。少，去聲。

無夢

白居易

老眼花前闇，春衣雨後寒。舊詩多忘卻，新酒且嘗看。拙定於身穩，慵應趁伴難。漸銷名利想，無夢到長安。忘，讀去聲。

言懷

高　駢

恨乏平戎策，慙登拜將壇。手持金鉞冷，身挂鐵衣寒。主聖扶持易，恩深報效難。三邊猶未靜，何敢便休官？

幽窗

韓偓

刺繡非無暇，幽窗自鼪歡。手香江橘嫩，齒冷越梅酸。密約臨行怯，私書欲報難。没憑諳鵲語，猶得暫心寬。鼪，息淺切，同鮮。

【今校】

《全唐詩》卷六八三，「自」注「一作日」。「冷」作「軟」，注「一作冷」。「没」作「無」。

出遲

吴融

園密花藏易，樓深月到難。酒虚留客盡，燈暗遠更殘。麝想眉間印，鴉知鬢上盤。文王之囿小，莫惜借人看。

【今校】

《全唐詩》卷六八四，「暗」一作「滅」。「鬢」作「頂」，注「一作鬢」。

寄栖白大師

貫休

流浪江湖久，攀緣歲月闌。高名當世重，好句逼人寒。月苦蟬聲嗄，鐘清杮葉乾。龍鍾千萬里，擬欲訪師難。嗄，音隘，楚人謂啼極無聲爲嗄。

按：《全唐詩》卷八三三，此詩題作二首，其二云：「蒼蒼龍闕晚，九陌雜香塵。方外無他事，僧中有近臣。青門玉露滴，紫閣錦霞新。莫話三峰去，澆風正蕩淳。」

十五刪

送鄭大夫惟忠從公主入蕃

張說

鳳吹遥將斷，龍旗送欲還。傾都邀節使，傳酌緩離顔。春磧沙連海，秋城月對關。和戎因賞魏，定遠莫辭班。吹，去聲。使，去聲，下同。磧，七迹切。

雜詩四首（其四）

沈佺期

鐵馬三軍去，金閨二月還。邊愁離上國，春夢失陽關。池水琉璃浄，園花玳瑁斑。歲華空自擲，憂思不勝顔。玳瑁，音代妹。思，去聲，下並同。勝，平聲。

【今校】

《全唐詩》卷九六，題作「春閨」，注云：「一本連後《雜詩三首》作『雜詩四首』。」所謂《雜詩三首》，其一云：「落葉驚秋婦，高砧促暝機。蜘蛛尋月度，螢火傍人飛。清鏡紅埃入，孤燈緑焰微。怨啼能至曉，獨自懶縫衣。」其二云：「妾家臨渭北，春夢著遼西。何苦朝鮮郡，年年事鼓鼙。燕來紅壁語，鶯向緑窗啼。爲許長相憶，闌干玉筯齊。」其三云：「聞道黄龍戍，頻年不解兵。可憐閨裏月，長照漢家營。少婦今春意，良人昨夜情。誰能將旗鼓，一爲取龍城。」

正月閨情

袁暉

正月金閨裏，微風繡户間。曉妝憐别夢，春思逼啼顔。遶砌梅堪折，當軒樹未攀。歲華庭北上，何日度陽關。正，讀平聲。

【今校】《全唐詩》卷一一一，「妝」作「魂」，注「一作妝」。「庭北上」注「一作方若此」。

晚秋贈張折衝

薛　業

都尉今無事，時清但閉關。夜霜戎馬瘦，秋草射雕閒。位以穿楊得，名因折桂還。馮唐真不遇，歎息鬢毛斑。閒，音閑，下同。

【今校】《全唐詩》卷一一七，題下注：「此公事制舉。」「雕」作「堂」，注「一作雕」。

冬晚對雪憶胡居士家

王　維

寒更傳曉箭，清鏡覽衰顏。隔牖風驚竹，開門雪滿山。灑空深巷靜，積素廣庭閒。借問袁安舍，翛然尚閉關。舍，去聲。

【今校】《全唐詩》卷一二六，題中「居」注「一作處」，題下注：「一作王劭詩，非。」「傳曉箭」注「一作催唱曉」。「覽」注「一作減」。「門」注「一作簾」。

遊鳳林寺西嶺

孟浩然

共喜年華好，來遊水石間。煙容開遠樹，春色滿幽山。壺酒朋情洽，琴歌野興閒。莫愁歸路暝，招月伴人還。興，去聲。興閒之閒，音閑。暝，音明，去聲，夜也。

初至犍爲作

岑參

山色軒楹内，灘聲枕席間。草生公府静，花落訟庭閒。雲雨連三峽，風塵接百蠻。到來能幾日，不覺鬢毛斑。庭閒之閒，音閑。

【今校】

《全唐詩》卷二〇〇，「楹」作「檻」。

入宅三首（録一）

杜甫

亂後居難定，春歸客未還。水生魚復浦，雲暖麝香山。半頂梳頭白，過眉拄杖斑。相看多使者，一一問函關。復，音腹。魚復，舊縣名。麝香，山名。看，讀平聲，下並同。

【今校】

《全唐詩》卷二二九，題下注：「大曆二年春，甫自西閣遷赤甲。」「山」注「一作判」。此詩爲三首其二。其一云：「奔峭背赤甲，斷崖當白鹽。客居愧遷次，春酒漸多添。花亞欲移竹，鳥窺新捲簾。衰年不敢恨，勝概欲相兼。」其三云：「宋玉歸州宅，雲通白帝城。吾人淹老病，旅食豈才名。峽口風常急，江流氣不平。只應與兒子，飄轉任浮生。」

悶

杜甫

瘴癘浮三蜀，風雲暗百蠻。卷簾唯白水，隱几亦青山。猿捷長難見，鷗輕故不還。無錢從滯客，有鏡巧催顏。

賦得的的帆向浦

司空曙

向浦參差去，隨波遠近還。初移芳草裏，正在夕陽間。隱映回孤驛，微明出亂山。向空看不盡，歸思滿江關。

暮秋言懷

羊士諤

城隅凝綵畫，紅樹帶青山。遲客金尊晚，談空玉柄閒。馳暉三峽水，旅夢百勞關。非是淮陽薄，丘中只望還。遲，去聲。閒，音閑。

憶平泉雜詠十首（録一）

李德裕

伊川新雨霽，原上見春山。繚嶺晴虹斷，龍門宿鳥還。牛羊平野外，桑柘夕煙閒。不及鄉園叟，悠悠盡日閒。繚，樞候切。盡，同儘。日閒之閒，音閑。

按：此詩爲十首其八《憶晚眺》。其餘爲《憶初暖》、《憶辛夷》、《憶寒梅》、《憶藥欄》、《憶茗芽》、《憶野花》、《憶春雨》、《憶新藤》、《憶春耕》。

送許棠下第遊蜀

張喬

天下猿多處，西南是蜀關。馬登青壁瘦，人度翠微閒。帶雨逢殘日，因江見斷山。行歌風月好，莫老錦城閒。微閒之閒，音閑。

【今校】《全唐詩》卷六三八,「度」作「宿」,注「一作度」。「日」注「一作火」。

登杭州城

鄭谷

漠漠江天外,登臨返照間。潮來無別浦,木落見他山。沙鳥晴飛遠,漁人夜唱閒。歲窮歸未得,心逐片帆還。唱閒之閒,音閑。

【今校】《全唐詩》卷六七四,詩題下注:「一作題杭州樟亭,一作題樟亭驛樓。」「漠漠」注「一作故國」。「來」注「一作平」。

關東獻兵部劉員外

吴融

昨夜星辰動,仙郎近漢關。玳筵吟雪罷,錦帳押春還。已到青雲上,應栖絳闕間。臨邛有詞賦,一爲奏天顔。玳,同瑇。爲,去聲。

【今校】

《全唐詩》卷六八五,「近」注「一作過」。「押」注「一作壓」。

題劉相公光德里新構茅亭

李　洞

野色迷亭曉,龍墀待押班。帶涎移海木,兼雪寫湖山。月白吟牀冷,河清直印閒。唐封三萬里,人偃翠微間。涎,徐連切。印閒之閒,音閑。

酬陳明府舟中見贈

靈　一

長溪通夜静,素舸與人閒。月影沈秋水,風聲落暮山。稻花千頃外,蓮葉兩河間。陶令多真意,相思一解顏。舸,音苛,船大者謂之舸。人閒之閒,音閑。

唐詩諧律　卷下

一先

聖泉宴

王　勃

披襟乘石磴，列籍俯春泉。蘭氣熏山酌，松聲韻野弦。影飄垂葉外，香度落花前。興洽林塘晚，重巖起夕煙。興，去聲。重，平聲。

【今校】

《全唐詩》卷五六，「籍」注「一作席」。

重別薛升華

王　勃

明月沈珠浦，秋風濯錦川。樓臺臨絶岸，洲渚亘長天。飄泊成千里，棲遲共百年。窮途唯有淚，還望獨潸然。亘，居鄧切。潸，音删。

【今校】《全唐詩》卷五六，題作「重別薛華」，注「一作重別薛升華」。「飄」作「旅」，注「一作飄」。「遲」作「遑」，注「一作遲」。

秋日別王長史

王　勃

別路長千里，深恩重百年。正悲西候日，更動北梁篇。野色籠寒霧，山光斂暮煙。終知難再奉，懷德自潸然。籠，平聲。

【今校】《全唐詩》卷五六，「長」作「餘」，注「一作長」。「梁」注「一作京」。

有所思

楊　炯

賤妾留南楚，征夫向北燕。三秋方一日，少別比千年。不掩嚬紅縷，無論數緑錢。相思明月夜，迢遞白雲天。論，平聲。

【今校】

《全唐詩》卷五〇，「論」注「一作能」。

新年作

宋之問

鄉心新歲切，天畔獨潸然。老至居人下，春歸在客先。嶺猿同旦暮，江柳共風煙。已似長沙傅，從今又幾年。

熊

李　嶠

導洛宜陽右，乘春別館前。昭儀忠漢日，太傅翊周年。列射三侯滿，興師七步旋。莫言舒紫褥，猶異飲清泉。翊，音弋，輔也。褥，如欲切。

奉和送金城公主適西蕃應制

韋元旦

柔遠安夷俗，和親重漢年。軍容旌節送，國命錦車傳。琴曲悲千里，簫聲戀九天。唯應西海月，來就掌珠圓。應，平聲，下並同。

幸白鹿觀應制

徐彦伯

鳳輿乘八景，龜籙向三仙。日月移平地，雲霞綴小天。金童擎紫藥，玉女獻青蓮。花洞留宸賞，還旗繞夕煙。擎，音鯨，持也。

奉和九月九日登慈恩寺浮圖應制

王　景

玉輦移中禁，珠梯覽四禪。重階清漢接，飛竇紫霄懸。綴葉披天藻，吹花散御筵。無因鑾蹕暇，俱舞鶴林前。重，平聲。

永嘉作

張子容

拙宦從江左，投荒更海邊。山將孤嶼近，水共惡谿連。地濕梅多雨，潭蒸竹起煙。未應悲晚髮，炎瘴苦華年。

冬末送魏起居赴京

孫逖

大名將起魏，良史更逢遷。驛騎朝丹闕，關亭望紫煙。西京春色近，東觀物華偏。早赴王正月，揮毫記百年。騎，去聲，下並同。朝，音潮。觀，去聲。正，平聲。

【今校】《全唐詩》卷一一八，「百」作「首」。

送呂向補闕西岳勒碑

徐安貞

聖作西山頌，君其出使年。勒碑懸日月，驅傳接雲煙。寒盡函關路，春歸洛水邊。別離能幾許，朝暮玉墀前。使，去聲，下同。傳，去聲。

安州道中經滻水有懷

劉長卿

征途逢滻水，忽似到秦川。借問朝天處，猶看落日邊。映沙晴漾漾，幽澗夜濺濺。欲寄西歸恨，微波不可傳。滻，音産。朝，音潮。看，讀平聲。漾，弋亮切。濺，音箋。濺濺，水疾流貌。

【今校】

《全唐詩》卷一四七，「幽」作「出」。

清明後登城眺望

劉長卿

風景清明後，雲山睥睨前。百花如舊日，萬井出新煙。草色無空地，江流合遠天。長安何處是，遥指夕陽邊。睥，音媲。睨，音詣。睥睨，城上瞭垣也。

【今校】

《全唐詩》卷一四七，「何處是」作「在何處」，注「一作何處是」。

上巳洛中寄王九迴

孟浩然

卜洛成周地，浮杯上巳筵。鬬雞寒食下，走馬射堂前。垂柳金隄合，平沙翠幕連。不知王逸少，何處會群賢。少，去聲，下同。

【今校】

《全唐詩》卷一六〇，詩題作「上巳洛中寄王九迴」，「王九迴」注「一作王迴十九」。

赴京途中遇雪

孟浩然

迢遞秦京道，蒼茫歲暮天。窮陰連晦朔，積雪滿山川。落雁迷沙渚，飢烏噪野田。客愁空佇立，不見有人煙。噪，音燥。

【今校】

《全唐詩》卷一六〇，「滿」注「一作遍」，「噪」作「集」，注「一作噪」。

少年行

芮挺章

任氣稱張放，銜恩在少年。玉階朝就日，金屋夜升天。軒騎青雲際，笙歌綠水邊。建章明月好，留醉伴風煙。

數陪章梓州泛江有女樂在渚舫戲爲艷曲二首贈章（録一）

杜　甫

上客回空騎，佳人滿近船。江清歌扇底，野曠舞衣前。玉袖淩風並，金壺隱浪偏。競將明媚色，偷眼豔陽天。

【今校】

《全唐詩》卷二二七，題作「數陪李梓州泛江有女樂在諸舫戲爲豔曲二首贈李」，其中二「李」注「一作章」，「諸」注「一作渚」。「天」注「一作年」。按：此爲二首其一，其二云：「白日移歌袖，清霄近笛牀。翠眉縈度曲，雲鬢儼分行。立馬千山暮，迴舟一水香。使君自有婦，莫學野鴛鴦。」

有感五首（其一）

杜　甫

將帥蒙恩澤，兵戈有歲年。至今勞聖主，何以報皇天。白骨新交戰，雲臺舊拓邊。乘查斷消息，無處覓張騫。將，去聲。

【今校】

《全唐詩》卷二二七，六句下注：「武德以來，開拓邊境，地連西域，皆置都督府州縣。開元中，置朔方等處節度使以統之，禄山反後數年間，西北數十州相繼淪没，盡陷河西、隴右之地。」「查」作「槎」。按：五首其二云：「幽薊餘蛇豕，乾坤尚虎狼。諸侯春不貢，使者日相望。慎勿吞青海，無勞問越裳。大君先息戰，歸馬華山陽。」其三：「洛下舟車入，天中貢賦均。日聞紅粟腐，寒待翠華春。莫取金湯固，長令宇宙新。不過行儉德，盜賊本王臣。」其四：「丹桂風霜急，青梧日夜凋。由來强幹地，未有不臣朝。受鉞親賢往，卑宫制詔遥。終依古封建，豈獨聽簫韶。」其五：「盜滅人還亂，兵殘將自疑。登壇名絶假，報主爾何遲。領郡輒無色，之官皆有詞。願聞哀痛詔，端拱問瘡痍。」

游子

杜　甫

巴蜀愁誰語，吴門興杳然。九江春草外，三峽暮帆前。厭就成都卜，休爲吏部眠。蓬萊如可到，衰白問群仙。興，去聲。

【今校】

《全唐詩》卷二二八，「群」注「一作神」。

渭上送李藏器移家東都

耿　湋

求名雖有據，學稼又無田，故國三千里，新春五十年。移家還作客，避地莫知賢。洛浦今何處，風帆去渺然。

【今校】

《全唐詩》卷二六八，「雖」注「一作須」，「據」注「一作援」。「稼」注「一作道」。「田」注「一作緣」。

雲陽館與韓紳宿別

司空曙

故人江海別，幾度隔山川。乍見翻疑夢，相悲各問年。孤燈寒照雨，濕竹暗浮煙。更有明朝恨，離杯惜共傳。

【今校】

《全唐詩》卷二九二，題注「韓紳一作韓卿」。

和武相公中秋錦樓翫月得前字

崔　備

清景同千里，寒光盡一年。竟天多雁過，通夕少人眠。照別江樓上，添愁野帳前。隋侯恩未報，猶有夜珠圓。

【今校】

《全唐詩》卷三一八，「有」注「一作感」。

和左司元郎中秋居十首（其十）

張　籍

客散高齋晚，東園景象偏。晴明猶有蝶，涼冷漸無蟬。藤折霜來子，蝸行雨後涎。新詩纔上卷，已得滿城傳。蝸，古華切。涎，徐連切。上，上聲。

南園十三首（録一）

李賀

小樹開朝徑，長茸濕夜煙。柳花驚雪浦，麥雨漲溪田。古刹疏鐘度，遥嵐破月懸。沙頭敲石火，燒竹照漁船。茸，音戎，細草也。刹，初轄切。

按：此爲《南園十三首》其十三。見《全唐詩》卷三九〇。

初著緋戲贈元九

白居易

晚遇緣才拙，先衰被病牽。那知垂白日，始是著緋年。身外名徒爾，人間事偶然。我朱君紫綬，猶未得差肩。著，入聲。差，楚宜切。

雨中招張司業宿

白居易

過夏衣香潤，迎秋簟色鮮。斜支花石枕，卧詠蘂珠篇。泥濘非遊日，陰沈好睡天。能來同宿否，聽雨對牀眠。

何處難忘酒七首（其三）

白居易

何處難忘酒，朱門羨少年。春分花發後，寒食月明前。小院迴羅綺，深房理管絃。此時無一醆，争過豔陽天。少，去聲。

思越州山水寄朱應餘

章孝標

窗户潮頭雪，雲霞鏡裏天。島桐秋送雨，江艇暮摇煙。藕折蓮芽脃，茶挑茗眼鮮。還將歐冶劍，更淬若耶泉。艇，待鼎切。脃，此芮切。淬，音倅。

河清趙氏讌集擬杜工部

李商隱

勝概殊江右，佳名逼渭川。虹收青嶂雨，鳥没夕陽天。客鬢行如此，滄波坐渺然。濠梁真得地，漂蕩釣魚船。

【今校】

《全唐詩》卷五四一，題作「河清與趙氏昆季讌集得擬杜工部」。「濠梁」作「此中」。

送姚評事

李　頻

儒服從戎去，須知勝事全。使君開幕日，天子偃戈年。風雨依嵩嶺，桑麻接楚田。新詩隨過客，旋滿洛陽傳。

望海

周　繇

蒼茫空泛日，四顧絶人煙。半浸中華岸，旁通異域船。島間應有國，波外恐無天。欲作乘查客，翻愁去隔年。

【今校】

《全唐詩》卷六三五，「查」作「槎」。

沿漢東歸

張　喬

北去窮秦塞，南歸繞漢川。深山逢古迹，遠道見新年。絶壁雲銜寺，空江雪灑船。縈迴還此景，多坐夜燈前。塞，去聲。

【今校】

《全唐詩》卷六三八，「燈」注「一作煙」。

送友遊吴越

杜荀鶴

去越從吴過，吴疆與越連。有園多種橘，無水不生蓮。夜市橋邊火，春風寺外船。此中偏重客，君住必經年。

【今校】

《全唐詩》卷六九一，「橘」注「一作菊」。

二蕭

侍宴長寧公主東莊應制

李嶠

別業臨青甸，鳴鑾降紫霄。長筵鵷鷺集，仙管鳳皇調。樹接南山近，煙含北渚遥。承恩咸已醉，戀賞未還鑣。鑣，音瀌。

【今校】

《全唐詩》卷五八，詩前有注：「《紀事》云長寧公主，韋庶人所生。降楊慎交，造第東都，府財幾竭。又取西京高士廉第、左金吾衛廢營，合爲宅，作三重樓，築山浚池。帝及后數臨幸，置酒賦詩，嶠等屬和，即東莊也。」「鴛」作「鵷」。

雪

李 嶠

瑞雪驚千里，從風下九霄。地疑明月夜，山似白雲朝。逐舞花光動，臨歌扇影飄。大周天闕路，今日海神朝。神朝之朝，音潮。

【今校】

《全唐詩》卷五九，「從風下」作「同雲暗」，注「一作從風下」。三、四句注「一作龍沙飛正遠，玉馬地還銷」。

廣陵送別

韋 述

朱紱臨秦望，皇華赴洛橋。文章南渡越，書奏北歸朝。樹入江雲盡，城銜海月遥。秋風將客思，川上晚蕭蕭。朝，音潮，下並同。思，去聲。

【今校】《全唐詩》卷一〇八，題作「廣陵送别宋員外佐越鄭舍人還京」；卷一一〇作張謂詩，題止「還京」二字。

送丹陽採訪

徐安貞

郡縣分南國，皇華出聖朝。爲憐鄉棹近，不道使車遥。舊俗吴三讓，遺風漢六條。願言除疾苦，天子聽歌謡。爲、使並去聲。

【今校】《全唐詩》卷一二四，「歌」注「一作謳」。

泊揚子津

祖詠

纔入維揚郡，鄉關此路遥。林藏初過雨，風退欲歸潮。江火明沙岸，雲帆礙浦橋。客衣今日薄，寒氣近來饒。

【今校】

《全唐詩》卷一三一，詩題中「津」注「一作岸」。「關」注「一作山」。「路」注「一作地」。「藏」注「一作殘」。「過」注「一作霽」。「日」注「一作正」。「氣」注「一作夜」。「近」注「一作昨」。

少年行

劉長卿

射飛誇侍獵，行樂愛聯鑣。薦枕青蛾豔，鳴鞭白馬驕。曲房珠翠合，深巷管弦調。日晚春風裏，衣香滿路飄。樂，音洛。

赴江西湖上贈皇甫曾之宣州

劉長卿

此去君何恨，南行我更遥。東西潮渺渺，離别雨蕭蕭。流水通春谷，青山過板橋。潯陽如枉櫂，遲爾訪漁樵。遲，去聲。

【今校】

《全唐詩》卷一四八，首句作「莫恨扁舟去」，注「一作此去君何恨」。「南行」作「川途」，注「一作南行」。末二句作「天涯有來客，遲爾訪漁樵」，注「一作尋陽如枉棹，千里有歸潮」。

寄王漢陽

李白

南湖秋月白，王宰夜相邀。錦帳郎官醉，羅衣舞女嬌。笛聲喧沔鄂，歌曲上雲霄。別後空愁我，思君一水遥。沔，音緬。上，上聲。

【今校】

《全唐詩》卷一七三，「思君」作「相思」。

潤州南郭送別

皇甫冉

縈迴楓葉岸，留滯木蘭橈。吴岫新經雨，江天正落潮。故人勞見愛，行客自無聊。君問前程事，孤雲入剡遥。橈，音饒，楫謂之橈。剡，時染切。

【今校】

《全唐詩》卷二四九，題作「潤州南郭留別」。「君」注「一作若」。卷二四八，作郎士元詩，題作「朱方南郭留別皇甫冉」。

送崔拾遺峒江淮訪圖書

戴叔倫

九重辭諫議，萬里採風謠。關外逢秋月，天涯過晚潮。雁來雲杳杳，木落浦蕭蕭。空怨他鄉别，回舟暮寂寥。一作方干詩。○重，平聲。

【今校】

《全唐詩》卷二七三，題作「送崔拾遺峒江淮訪圖書」，其中「淮」注「一作東」。「重辭」作「門思」。「來」注「一作飛」。卷六四九，作方干詩，題爲「送崔拾遺出使江東」。

送人遊嶺南

司空曙

萬里南遊客，交州見柳條。逢迎人易合，時日酒能消。浪曉浮青雀，風温解黑貂。囊金如未足，莫恨故鄉遥。易，去聲。

新春江次

白居易

浦乾潮未應，隄濕凍初銷。粉片妝梅朵，金絲刷柳條。鴨頭新緑水，雁齒小紅橋。莫怪珂聲碎，春來五馬驕。乾，古寒切。刷，數滑切。

賈島墓

李　洞

一第人皆得，先生豈不銷。位卑終蜀士，詩絶占唐朝。旅葬新墳小，魂歸故國遥。我來因灑奠，立石用爲標。占，去聲。

【今校】

《全唐詩》卷七二二，「灑奠」作「奠灑」。

送東林寺睦公往吴國

齊　己

八月江行好，風帆日夜飄。煙霞經北固，禾黍過南朝。社客無宗炳，詩家有鮑昭。莫因賢相請，不返舊山椒。相，去聲。

三肴

新安江行

陶翰

江源南去永，野渡暫維梢。古戍懸魚網，空林露鳥巢。雪晴山脊見，沙淺浪痕交。自笑無媒者，逢人作解嘲。梢，所交切，船尾曰梢。脊，音積，山脊岡也。嘲，陟交切。

【今校】

《全唐詩》卷二八一，「去」注「一作出」。「作」注「一作即」。

臨頓爲吴中勝地陸魯望居之不出郛郭曠若郊墅余每相訪款然惜去因成五言十首奉題屋壁（其二）

皮日休

籬疏從緑槿，檐亂任黄茅。壓酒移溪石，煎茶拾野巢。静窗懸雨笠，閒壁挂煙匏。支遁今無骨，誰爲世外交？閒，音閑。

【今校】

《全唐詩》卷六一二，題中勝前多「偏」字。題下注：「臨頓，里名。」

襲美見題郊居十首因次韻酬之以伸榮謝（其二）

陸龜蒙

倩人醫病樹，看僕補衡茅。散髮還同阮，無心敢慕巢。簡頻書露竹，尊待破霜匏。日好林間坐，煙蘿近欲交。

【今校】

《全唐詩》卷六二二，「近」注「一作僅」。

南康郡牧陸肱郎中辟許棠先輩爲郡從事因有寄贈

鄭　谷

振鷺思前侶，猶爲戀故巢。江山多勝境，賓主是貧交。飲舫閒依葦，琴堂雅結茅。夜清僧伴宿，水月在松梢。閒，音閑。梢，音同上，樹枝也，下同。

【今校】

《全唐詩》卷六七四，「振鷺」作「末路」注「一作振鷺」。「猶」，注「一作難」。「境」注「一作景」。

永明禪師房

韓偓

景色方姸媚，尋真出近郊。寶香爐上爇，金磬佛前敲。蔓草棱山徑，晴雲拂樹梢。支公禪寂處，時有鶴來巢。

【今校】

《全唐詩》卷六八二，「棱」作「稜」。「鶴」注「一作鵲」。

四豪

奉和九日侍宴應制得高字

李適

禁苑秋光入，宸遊霽色高。萸房頒綵笥，菊蕊薦香醪。後騎縈隄柳，前旌拂御桃。王枚俱得從，淺淺愧飛毫。騎、從，並去聲。

【今校】

《全唐詩》卷七〇，詩題「奉和」後多「聖製」二字。

收京三首（録一）

杜甫

汗馬收宮闕，春城鏟賊壕。賞應歌杕杜，歸及薦櫻桃。雜虜横戈數，功臣甲第高。萬方頻送喜，無乃聖躬勞。鏟，音剗。應，平聲，下並同。數，音朔。

【今校】

《全唐詩》卷二二五，「數」注「一作槊」。「頻」注「一作同」。按：此爲三首其三，其一云：「仙仗離丹極，妖星照玉除。須爲下殿走，不可好樓居。暫屈汾陽駕，聊飛燕將書。依然七廟略，更與萬方初。」其二云：「生意甘衰白，天涯正寂寥。忽聞哀痛詔，又下聖明朝。羽翼懷商老，文思憶帝堯。叨逢罪己日，霑灑望青霄。」

登沃州山

耿湋

沃州初望海，攜手盡時髦。小暑開鵬翼，新蓂長鷺濤。月如芳草遠，身比夕陽高。羊祜傷風景，誰云異我曹。䒷，莫經切。長，上聲。

和左司元郎中秋居十首（其四）

張　籍

自知清静好，不要向時豪。就石安琴枕，穿松壓酒槽。山情因月甚，詩語入秋高。身外無餘事，唯應筆硯勞。

【今校】

《全唐詩》卷三八四，「情」作「晴」，注「一作情」。

思山居一十首（其九）

李德裕

二叟茅茨下，清晨飲濁醪。雨殘紅芍藥，風落紫櫻桃。巢燕銜泥疾，簷蟲挂網高。閒思春谷事，轉覺宦途勞。茨，疾資切，次草爲屋曰茨。閒，音閑。

【今校】

《全唐詩》卷四七五，其九題作「憶村中老人春酒」，下注：「有劉、楊二叟善釀。」

春遊

李商隱

橋峻斑騅疾，川長白鳥高。煙輕唯潤柳，風濫欲吹桃。徙倚三層閣，摩挲七寶刀。庾郎年最少，青草妒春袍。騅，職追切。挲，桑何切。少，去聲。

【今校】《全唐詩》卷五四〇，「七」注「一作八」。

欲別

項斯

花時人欲別，每日醉櫻桃。買酒金錢盡，彈箏玉指勞。歸期無歲月，客路有風濤。錦緞裁衣贈，麒麟落翦刀。

送劉司法之越州

皎然

蕭蕭鳴夜角，驅馬背城濠。雨後寒流急，秋來朔吹高。三山期望海，八月欲觀濤。幾日西陵路，應逢謝法曹。吹，去聲。

【今校】《全唐詩》卷八一八，題作「送劉司法之越」，下注「一本有州字。」

五歌

牛女

宋之問

粉席秋期緩，鍼樓别怨多。奔龍争渡月，飛鵲亂填河。失喜先臨鏡，含羞未解羅。誰能留夜色，來夕倍還梭。

【今校】《全唐詩》卷五二、卷九六重出，一作沈佺期詩。沈詩「渡月」作「度日」。

奉和聖製人日清暉閣宴群臣遇雪應制

蘇頲

樓觀空煙裏，初年瑞雪過。苑花齊玉樹，池水作銀河。七日祥圖啟，千春御賞多。輕飛傳綵勝，天上奉薰歌。觀，去聲。

和崔會稽詠王兵曹廳前湧泉　包融

茂德來徵應，流泉入詠歌。含靈符上善，作字表中和。有草恒垂露，無風欲偃波。爲看人共水，清白定誰多。爲，去聲，下同。看，讀平聲，下同。

從岐王過楊氏別業應教　王維

楊子談經所，淮王載酒過。興闌啼鳥緩，坐久落花多。徑轉迴銀燭，林開散玉珂。嚴城時未啟，前路引笙歌。興，去聲。

【今校】

《全唐詩》卷一二六，「所」注「一作處」。「緩」作「换」，注「一作緩」。「引」作「擁」，注「一作引」。

同崔員外秋宵寓直　王維

建禮高秋夜，承明候曉過。九門寒漏徹，萬井曙鐘多。月迥藏珠斗，雲消出絳河。更慚衰朽質，南陌共鳴珂。

【今校】《全唐詩》卷一二六，「消」注「一作開」。

月下呈章秀才

劉長卿

自古悲搖落，誰人奈此何。夜蛬偏傍枕，寒鳥數移柯。向老三年謫，當秋百感多。家貧惟好月，空愧子猷過。蛬，音邛，與蛩同。傍，去聲，下同。數，音朔。好，去聲。

【今校】《全唐詩》卷一四七，題下注：「八元。」「當秋百感多」注「一作無愁百口多」。

宴榮二山池

孟浩然

甲第金張宅，榮期樂自多。櫪嘶支遁馬，池養右軍鵝。竹引嵇琴入，花邀戴客過。山公來取醉，時唱接䍦歌。樂，音洛，下並同。嵇，音奚。䍦，音離。

【今校】《全唐詩》卷一六〇，注「一題作宴榮山人池亭」。「金張宅」作「開金穴」，注「一作金張宅」。「嵇」作「攜」，注「一作嵇」。「載客」作「載酒」，注「一作載客」。

宮中行樂詞八首（其三）　李　白

玉樹春歸日，金宮樂事多。後庭朝未入，輕輦夜相過。笑出花間語，嬌來竹下歌。莫教明月去，留著醉嫦娥。教，平聲。著，入聲。

【今校】《全唐詩》卷二八、卷一六四，「樹」注「一作殿」。「日」注「一作好」。「竹」作「燭」，注「集作竹」。

金陵三首（録一）　李　白

六代興亡國，三杯爲爾歌。苑方秦地小，山似洛陽多。古殿吴花草，深宮晉綺羅。併隨人事滅，東逝與滄波。

【今校】

《全唐詩》卷一八一，「小」作「少」，注「一作小」。「與」注「一作只」。此詩爲三首其三，其一云：「晉家南渡日，此地舊長安。地即帝王宅，山爲龍虎盤。金陵空壯觀，天塹浄波瀾。醉客回橈去，吴歌且自歡。」其二云：「地擁金陵勢，城迴江水流。當時百萬户，夾道起朱樓。亡國生春草，離宫没古丘。空餘後湖月，波上對江州。」

送汾城王主簿

韋應物

少年初帶印，汾上又經過。芳草歸時偏，情人故郡多。禁鐘春雨細，宫樹野煙和。相望東橋别，微風起夕波。少，去聲。

温泉即事

皇甫冉

天仗星辰轉，霜冬景氣和。樹含温液潤，山入繚垣多。丞相金錢賜，平陽玉輦過。魯儒求一謁，無路獨如何。繚、相，並去聲。

【今校】

《全唐詩》卷二五〇，題中「温」注「一作湯」。末二句注「一作接輿來自楚，朝夕值行歌」。

送鄭侍御謫閩中

高適

謫去君無恨，閩中我舊過。大都秋雁少，衹是夜猿多。東路雲山合，南天瘴癘和。自當逢雨露，行矣慎風波。閩，音珉。

夏夜西亭即事寄錢員外

耿湋

高亭賓客散，暑夜醉相和。細汗迎衣集，微凉待扇過。風還池色定，月晚樹陰多。遥想隨行者，珊珊動曉河。

【今校】

《全唐詩》卷二六八，「迎」注「一作凝」。「河」作「珂」。

送張少府赴夏縣

李端

雖爲州縣職，還欲抱琴過。樹古聞風早，山枯見雪多。雞聲連絳市，馬色傍黄河。太守新臨郡，欣逢五袴歌。

【今校】

《全唐詩》卷二八五，「欣」作「還」。

送李正字之蜀

武元衡

已獻甘泉賦，仍登片玉科。漢官新組綬，蜀國舊煙蘿。劍壁秋雲斷，巴江夜月多。無窮别離思，遥寄竹枝歌。思，去聲。

【今校】

《全唐詩》卷三一六，題中「之」注「一作歸」。

寄黔府竇中丞

羊士諤

漢臣旌節貴，萬里護牂牁。夏日天無暑，秋風水不波。朝衣蟠艾綬，戎幕偃雕戈。滿歲歸龍闕，良哉佇作歌。牂，音臧。牁，音歌。牂牁，郡名。朝，音潮。

【今校】

《全唐詩》卷三三二，「日」作「月」，注「一作日」。

和左司元郎中秋居十首（其二）

張　籍

有地唯栽竹，無池亦養鵝。學書求墨蹟，釀酒愛朝和。古鏡銘文淺，神方謎語多。居貧閒自樂，豪客莫相過。謎，彌計切。閒，音閑。

寄李頻

姚　合

閉門常不出，惟覺長庭莎。朋友來看少，詩書臥讀多。命隨才共薄，愁與醉相和。珍重君名字，新登甲乙科。長，上聲。莎，音梭。

【今校】

《全唐詩》卷四九七，首句注「一作性疏常似病」。「醉」注「一作酒」。

送友人罷舉歸東海

許　渾

滄波天塹外，何處是新羅。舶主辭番遠，棋僧入漢多。海風吹白鶴，沙日曬紅螺。此去知投筆，須求利劍磨。塹，音槧。舶，音白，汎海大舟曰舶。

街西池館

李商隱

白閣他年別，朱門此夜過。疏簾留月魄，珍簟接煙波。太守三刀夢，將軍一箭歌。國租容客旅，香熟玉山禾。

聖果寺

處默

路自中峰上，盤回出薜蘿。到江吳地盡，隔岸越山多。古木叢青靄，遥天浸白波。下方城郭近，禪磬雜笙歌。

【今校】

《全唐詩》卷八四九，「禪」作「鐘」。

六麻

度大庾嶺

宋之問

度嶺方辭國，停軺一望家。魂隨南翥鳥，淚盡北枝花。山雨初含霽，江雲欲變霞。但令歸有日，不敢恨長沙。軺，音韶。翥，章恕切，飛舉也。令，平聲。

晦日宴高氏林亭同用華字

王勔

上序披林館，中京視物華。竹窗低露葉，梅徑起風花。影落春臺霧，池侵舊渚沙。綺筵歌吹晚，暮雨泛香車。吹，去聲。

【今校】

《全唐詩》卷五六，「影」作「景」。

奉和幸上官昭容院獻詩四首（録一）

鄭愔

地軸樓居遠，天台闕路賒。何如遊帝宅，即此對仙家。座拂金壺電，池摇玉酒霞。無勞秦漢隔，别訪武陵花。

【今校】

《全唐詩》卷一〇六，「勞」作「云」，注「一作勞」。按：此詩爲四首其一，其二云：「堯茨姑射近，漢苑建章連。十五蓂知月，三千桃紀年。鸞歌隨鳳吹，鶴舞向鵾弦。更覓瓊妃伴，來過玉女泉。」其三云：「宫掖賢才重，山林高尚難。不言辭輦地，更有結廬歡。池棟清温燠，巖窗起沍寒。幽亭有仙桂，聖主萬年看。」其四云：「槎流天上轉，茅宇禁中開。河鵲填橋至，山熊避檻來。庭花采菉蓐，巖石步莓苔。願奉輿圖泰，長開錦翰裁。」

晚春嚴少尹與諸公見過

王維

松菊荒三徑，圖書共五車。烹葵邀上客，看竹到貧家。鵲乳先春草，鶯啼過落花。自憐黄髮暮，一倍惜年華。

送孫秀才

王縉

帝城風日好，況是建平家。玉枕雙紋簟，金盤五色瓜。山中無魯酒，松下飯胡麻。莫厭田家苦，歸期遠復賒。復，去聲。

【今校】

《全唐詩》卷一二九，「是」作「復」。「松」注「一作山」。卷一二六作王維詩。

南山下與老圃期種瓜

孟浩然

樵牧南山近，林閭北郭賒。先人留素業，老圃作鄰家。不種千株橘，唯資五色瓜。邵平能就我，開徑翦蓬麻。

【今校】

《全唐詩》卷一六〇，「翦」注「一作有」。

塞下曲六首（録一）

李白

塞虜乘秋下，天兵出漢家。將軍分虎竹，戰士卧龍沙。邊月隨弓影，胡霜拂劍花。玉關殊未入，少婦莫長嗟。塞、少並去聲，下並同。

按：此爲六首其五。其一：「五月天山雪，無花衹有寒。笛中聞折柳，春色未曾看。曉戰隨金鼓，宵眠抱玉鞍。願將腰下劍，直爲斬樓蘭。」其二：「天兵下北荒，胡馬欲南飲。横戈從百戰，直爲銜恩甚。握雪海上餐，拂沙隴頭寢。何當破月氏，然後方高枕。」其三：「駿馬似風飈，鳴鞭出渭橋。彎弓辭漢月，插羽破天驕。陣解星芒盡，營空海霧消。功成畫麟閣，獨有霍嫖姚。」其四：「白馬黄金塞，雲砂遶夢思。那堪愁苦節，遠憶邊城兒。螢飛秋窗滿，月度霜閨遲。摧殘梧桐葉，蕭颯沙棠枝。無時獨不見，流淚空自知。」其六：「烽火動沙漠，連照甘泉雲。漢皇按劍起，還召李將軍。兵氣天上合，鼓聲隴底聞。横行負勇氣，一戰浄妖氛。」

遣懷

杜甫

愁眼看霜露，寒城菊自花。天風隨斷柳，客淚墮清笳。水浄樓陰直，山昏塞日斜。夜來歸鳥盡，啼殺後棲鴉。看，讀平聲，下同。墮，吐火切。

【今校】

《全唐詩》卷二二五，「清」注「一作晴」。「樓」注「一作城」。

爲農　杜甫

錦里煙塵外，江邨八九家。圓荷浮小葉，細麥落輕花。卜宅從兹老，爲農去國賒。遠慚句漏令，不得問丹砂。句，音鉤。

【今校】

《全唐詩》卷二二六，「落」注「一作墮」。

禹廟　杜甫

禹廟空山裏，秋風落日斜。荒庭垂橘柚，古屋畫龍蛇。雲氣生虛壁，江聲走白沙。早知乘四載，疏鑿控三巴。

【今校】

《全唐詩》卷二二九，詩題下注：「此忠州臨江縣禹祠也。」「生虛」注「一作噓清」。「載」下

注：「去聲，即乘輶等乘字義。」「疏鑿」注「一作流落」。

酬程延秋夜即事見贈

韓翃

長簟迎風早，空城澹月華。星河秋一雁，砧杵夜千家。節候看應晚，心期臥亦賒。向來吟秀句，不覺已鳴鴉。應，平聲。

【今校】

《全唐詩》卷二四四，「亦」注「一作正」。

新春

劉方平

南陌春風早，東隣曙色斜。一花開楚國，雙燕入盧家。眠罷梳雲髻，妝成上錦車。誰知如昔日，更浣越溪紗。上，上聲。下同。

閏春宴花溪嚴侍御莊

戎昱

一團青翠色，云是子陵家。山帶新晴雨，溪留閏月花。瓶開巾漉酒，地坼筍抽芽。綵縟承顔面，朝朝賦白華。漉，音禄。縟，儒欲切。

【今校】

《全唐詩》卷二七〇，「青」注「一作春」。「綵縟」注「一作何幸」。「面」注「一作服」。「賦」注「一作奏」。

傷李端

衛象

才子浮生促，泉臺此路賒。官卑楊執戟，年少賈長沙。人去門栖鵩，災成酒誤蛇，唯餘封禪草，留在茂陵家。鵩，音伏。禪，時戰切。

同樂天和微之深春二十首同用家花車斜四韻（録三）

劉禹錫

何處深春好，春深貴戚家。櫪嘶無價馬，庭發有名花。欲進宮人食，先薰命婦車。晚歸長帶酒。冠蓋任傾斜。

何處深春好，春深貴胄家。迎呼偏熟客，揀選最多花。飲饌開華幄，笙歌出鈿車。

興酣鐏易罄，連瀉酒瓶斜。呼，平聲。鈿，讀去聲。興，去聲。易，去聲，下同。

何處深春好，春深幼女家。雙鬟梳頂髻，兩面繡幫花。妝壞頻臨鏡，身輕不占車。鞦韆争次第，牽拽綵繩斜。占，去聲。拽，音曳。

按：此爲其五、其十三、其十六。其一：「何處深春好，春深萬乘家。宮門皆映柳，輦路盡穿花。池色連天漢，城形象帝車。旌旗暖風裏，獵獵向西斜。」其二：「何處深春好，春深阿母家。瑶池長不夜，珠樹正開花。橋峻通星渚，樓暄近日車。層城十二闕，相對日西斜。」其三：「何處深春好，春深執政家。恩光貪捧日，貴重不看花。玉饌堂交印，沙隄柱礙車。多門一已閉，直道更無斜。」其四：「何處深春好，春深大鎮家。前旌光照日，後騎蹙成花。節院收衙隊，毬場簇看車。廣筵歌舞散，書號夕陽斜。」其六：「何處深春好，春深恩澤家。爐添龍腦炷，綬結虎頭花。賓客珠成履，嬰孩錦縛車。畫堂簾幕外，來去燕飛斜。」其七：「何處深春好，春深京兆家。人眉新柳葉，馬色醉桃花。盜息無鳴鼓，朝回自走車。能令帝城外，不敢逕由斜。」其八：「何處深春好，春深刺史家。夜闌猶命樂，雨甚亦尋花。傲客多憑酒，新姬苦上車。公門吏散後，風擺戟衣斜。」其九：「何處深春好，春深羽客家。芝田繞舍色，杏樹滿山花。云是淮王宅，風爲列子車。古壇操簡處，一逕入林斜。」其十：「何處深春好，春深小隱家。芟庭留野菜，撼樹去狂花。醉酒一千日，貯書三十車。雉衣從露體，不敢有餘斜。」其十一：「何處深春好，春深富室家。唯多貯金帛，不擬負鶯花。國樂呼聯轡，行厨載滿車。歸來看理曲，燈下寶釵斜。」其十二：「何處深春好，春深豪士家。多沽味濃酒，貴買色深花。已臂鷹隨馬，連催妓上車。城南踏青處，村落逐原斜。」其十四：「何處深春好，春深唱第家。名傳一紙榜，興管九衢花。薦聽諸侯樂，來隨計吏車。杏園拋曲處，揮袖向風斜。」其十五：「何處深春好，春深少婦家。能偷新禁曲，自剪入時花。追逐同遊伴，平章貴價車。從來不墮馬，故遺髻鬟斜。」其十七：「何處深春好，春深蘭若家。當香收柏葉，養蜜近梨花。野逕宜行樂，遊人盡駐車。菜園籬落短，遥見桔槔斜。」其十八：「何處深春好，春深老宿家。小欄圍蕙草，高架引藤花。四字香書印，三乘壁畫車。遲回聽句偈，雙樹晚陰斜。」其十九：「何處深春好，春深種蒔家。分畦十字水，接樹兩般花。櫛比栽籬槿，咿啞轉井車。可憐高處望，棋布不曾斜。」其二十：「何處深春好，春深稚子家。争騎一竿竹，偷折四鄰花。笑擊羊皮鼓，行牽犢頷車。中庭貪夜戲，不覺玉繩斜。」

和春深二十首（録四）

白居易

何處春深好，春深執政家。鳳池添硯水，雞樹落衣花。詔借當衢宅，恩容上殿車。延英開對久，門與日西斜。

何處春深好，春深御史家。絮縈驄馬尾，蝶繞繡衣花。破柱行持斧，埋輪立駐車。入班遥認得，魚貫一行斜。「一行」之「行」，音杭。

何處春深好，春深隱士家。野衣裁薜荔，山飯曬松花。蘭索紉幽佩，蒲輪駐軟車。林間箕踞坐，白眼向人斜。紉，音人。

何處春深好，春深妓女家。眉欺楊柳葉，裙妬石榴花。蘭麝熏行被，金銅釘坐車。杭州蘇小小，人道最夭斜。釘，去聲。夭，平聲。

按：此爲其三、其八、其十一、其二十。其一：「何處春深好，春深富貴家。馬爲中路鳥，妓作後庭花。羅綺驅論隊，金銀用斷車。眼前何所苦，唯苦日西斜。」其二：「何處春深好，春深貧賤家。荒涼三徑草，冷落四鄰花。奴困歸傭力，妻愁出賃車。途窮平路險，舉足劇褒斜。」其四：「何處春深好，春深方鎮家。通犀排帶胯，瑞鶻勘袍花。飛絮衝毬馬，垂楊拂妓車。戎裝拜春設，左握寶刀斜。」其五：「何處春深好，春深刺史家。陰繇棠布葉，岐秀麥分花。五疋鳴珂馬，雙輪畫軾車。和風引行樂，葉葉隼旟斜。」其六：「何處春深好，春深學士家。鳳書裁五色，馬鬣剪三花。蠟炬開明火，銀臺賜物車。相逢不敢揖，彼此帽低斜。」其七：「何處春深好，春深女學家。

慣看温室樹，飽識浴堂花。御印提隨仗，香牋把下車。宋家宫樣髻，一片緑雲斜。」其九：「何處春深好，春深遷客家。一杯寒食酒，萬里故園花。炎瘴蒸如火，光陰走似車。爲憂鵩鳥至，只恐日光斜。」其十：「何處春深好，春深經業家。唯求太常第，不管曲江花。折桂名慚郄，收螢志慕車。官場泥補處，最怕寸陰斜。」其十二：「何處春深好，春深漁父家。松灣隨櫂月，桃浦落船花。濤投餌移輕檝，牽輪轉小車。蕭蕭蘆葉裏，風起釣絲斜。」其十三：「何處春深好，春深潮户家。濤翻三月雪，浪噴四時花。曳練馳千馬，驚雷走萬車。餘波落何處，江轉富陽斜。」其十四：「何處春深好，春深痛飲家。十分杯裏物，五色眼前花。餔歠眠糟甕，流涎見麴車。中山一沈醉，千度日西斜。」其十五：「何處春深好，春深上巳家。蘭亭席上酒，曲洛岸邊花。弄水遊童櫂，湔裾小婦車。齊橈争渡處，一匹錦標斜。」其十六：「何處春深好，春深寒食家。玲瓏鏤雞子，宛轉綵毬花。碧草追遊騎，紅塵拜掃車。鞦韆細腰女，摇曳逐風斜。」其十七：「何處春深好，春深博弈家。一先争破眼，六聚鬭成花。鼓應投壺馬，兵銜象戲車。彈棋局上事，最妙是長斜。」其十八：「何處春深好，春深嫁女家。紫排襦上雉，黄帖鬢邊花。轉燭初移障，鳴環欲上車。青衣傳氈褥，錦繡一條斜。」其十九：「何處春深好，春深娶婦家。兩行籠裏燭，一樹扇間花。賓拜登華席，親迎障幰車。催粧詩未了，星斗漸傾斜。」

招韜光禪師

白居易

白屋炊香飯，葷羶不入家。濾泉澄葛粉，洗手摘藤花。青芥除黄葉，紅薑帶紫芽。命師相伴食，齋罷一甌茶。濾，音慮。

【今校】

《全唐詩》卷四六二，題下注：「見《咸淳臨安志》。」

上巳日贈都上人二首（録一）

殷堯藩

三月初三日，千家與萬家。蝶飛秦地草，鶯入漢宮花。鞍馬皆争麗，笙歌盡鬭奢。吾師無所願，惟願老煙霞。

【今校】

《全唐詩》卷四九二，詩題中「上巳日」一作「三日」。按：此爲其一，其二云：「曲水公卿宴，香塵盡滿街。無心修禊事，獨步到禪齋。細草縈愁目，繁花逆旅懷。綺羅人走馬，遺落鳳皇釵。」

題張司馬灞東郊園

許渾

楚翁秦塞住，昔事李輕車。白社貧思橘，青門老種瓜。讀書三徑草，沽酒一籬花。更欲尋芝术，商山便寄家。

【今校】

《全唐詩》卷五二八，題作「灞東題司馬郊園」，注「一作題張司馬灞東郊園」。「楚翁秦」注「一作秦公尋」。「種」作「仰」，注「一作種」。

謔柳

李商隱

已帶黃金縷，仍飛白玉花。長時須拂馬，密處少藏鴉。眉細從他斂，腰輕莫自斜。玳梁誰道好，偏擬映盧家。

村中晚望

陸龜蒙

抱杖柴門立，江村日易斜。雁寒猶憶侶，人病更離家。短鬢看成雪，雙眸舊有花。何須千里外，即此是天涯。

【今校】

《全唐詩》卷六二二，「千」作「萬」，注「一作千」。

七陽

從岐王夜宴衛家山池應教

王維

座客香貂滿，宮娃綺幔張。澗花輕粉色，山月少燈光。積翠紗窗暗，飛泉繡户涼。還將歌舞出，歸路莫愁長。

【今校】

《全唐詩》卷一二六，「暗」注「一作透」。

盧女曲

崔顥

二月春來半，宮中日漸長。柳垂金屋暖，花覆玉樓香。拂匣先臨鏡，調笙更炙簧。還將歌舞態，只擬奉君王。覆，去聲。調，平聲。

【今校】

《全唐詩》卷一二六、一三〇，「覆」注「集作發」。「歌舞態」作「盧女曲」，注「集作歌舞態」。「只擬」作「夜夜」，注「集作只擬」。

移使鄂州次峴陽館懷舊居

劉長卿

多慚恩未報，敢問路何長。萬里通秋雁，千峰共夕陽。舊遊成遠道，此去更違鄉。草露深山裹，朝朝滿客裳。

【今校】

《全唐詩》卷一四七，「違」注「一作迷」。「深」注「一作空」。「滿」作「落」，注「一作滿」。

宮中行樂詞八首(其二)

李　白

柳色黄金嫩，梨花白雪香。玉樓巢翡翠，珠殿鎖鴛鴦。選妓隨雕輦，徵歌出洞房。宮中誰第一，飛燕在昭陽。

【今校】

《全唐詩》卷二八、卷一六四，「巢」注「一作關」。「珠」作「金」，注「一作珠」。「雕」注「一作朝」。

夜宴左氏莊

杜甫

風林纖月落，衣露浄琴張。暗水流花徑，春星帶草堂。檢書燒燭短，看劍引杯長。詩罷聞吴詠，扁舟意不忘。

【今校】《全唐詩》卷二二四，「風林」注「一作林風」。「浄」注「一作静」。「看」注「一作説」，「看劍」注「一作煎茗」。

觀李固請司馬弟山水圖三首（録一）

杜甫

高浪垂翻屋，崩崖欲壓牀。野橋分子細，沙岸遶微茫。紅浸珊瑚短，青懸薜荔長。浮查看並坐，仙老暫相將。看，讀平聲，下並同。

【今校】《全唐詩》卷二二六，「橋」注「一作樓」。「看並坐」作「並坐得」，注「一作相並坐」。按：此詩爲三首其三，其一：「簡易高人意，匡牀竹火鑪。寒天留遠客，碧海挂新圖。雖對連山好，貪看絶島孤。群仙不愁思，冉冉下蓬壺。」其二：「方丈渾連水，天台總映雲。人間長見畫，老去恨空聞。范蠡舟偏小，王喬鶴不群。此生隨萬物，何路出塵氛。」

有感五首（其二）

杜　甫

幽薊餘蛇豕，乾坤尚虎狼。諸侯春不貢，使者日相望。慎勿吞青海，無勞問越裳。大君先息戰，歸馬華山陽。薊，音計。使，去聲，下同。華，去聲。

【今校】

《全唐詩》卷二二七，「蛇」注「一作封」。首句下注：「史朝義下諸降將仍據幽魏之地。」

陪王使君晦日泛江就黃家亭子二首（録一）

杜　甫

有徑金沙軟，無人碧草芳。野畦連蛺蝶，江檻俯鴛鴦。日晚煙花亂，風生錦繡香。不須吹急管，衰老易悲傷。畦，音攜。易，去聲。

按：此爲二首其二，其一云：「山豁何時斷，江平不肯流。稍知花改岸，始驗鳥隨舟。結束多紅粉，歡娛恨白頭。非君愛人客，晦日更添愁。」

幽院早春

柳中庸

草短花初拆，苔青柳半黃。隔簾春雨細，高枕曉鶯長。無事含閒夢，多情識異香。欲尋蘇小小，何處覓錢塘。拆，音拆。閒，音閑，下並同。

送龐判官赴黔中

司空曙

天遠風煙異，西南見一方。亂山來蜀道，諸水出辰陽。堆案青油暮，看棋畫角長。論文誰可制，記室有何郎。

【今校】

《全唐詩》卷二九三，「論」注「一作論」。

步虛詞十九首（其三）

韋渠牟

上帝求仙使，真符取玉郎。三方開布象，二景鬱生光。騎吏排龍虎，笙歌走鳳皇。天高人不見，暗入白雲鄉。騎，去聲。

江城夜泊寄所思

權德輿

客程殊未極，艤櫂泊迴塘。水宿知寒早，愁眠覺夜長。遠鐘和暗杵，曙月照晴霜。此夕相思意，摇摇不暫忘。艤，語綺切，與檥同，整舟向岸也。

題施山人野居

白居易

得道應無著，謀生亦不妨。春泥秧稻暖，夜火焙茶香。水巷風塵少，松齋日月長。高閒真足貴，何處覓侯王。應，平聲，下並同。著，入聲。焙，音佩，烘也。

錢侍郎使君以題廬山草堂詩見寄因酬之

白居易

殷勤江郡守，悵望掖垣郎。慙見新瓊什，思歸舊草堂。事隨心未得，名與道相妨。若不休官去，人間到老忙。

夜泊旅望

白居易

少睡多愁客，中宵起望鄉。沙明連浦月，帆白滿船霜。近海江彌闊，迎秋夜更長。煙波三十宿，猶未到錢塘。彌，平聲。

武功縣中作三十首（其七）

姚合

客至皆相笑，詩書滿卧牀。愛閒求病假，因醉棄官方。鬢髮寒唯短，衣衫瘦漸長。自嫌多檢束，不似舊時狂。閒，音閑。

【今校】

《全唐詩》卷四九八，「醉」注「一作酒」。「時」作「來」。

歸墅

李商隱

行李踰南極，旬時到舊鄉。楚芝應徧紫，鄧橘未全黄。渠濁村春急，旗高社酒香。故山歸夢喜，先入讀書堂。春，書容切。

題魯望屋壁十首（其三）

皮日休

藹稀初上蔟，醅盡未乾牀。盡日留蠶母，移時祭麴王。趁泉澆竹急，候雨種蓮忙。更葺園中景，應知顧辟彊。蔟，音鏃。醅，鋪枚切，酒未漉者曰醅。乾，古寒切。盡日之盡，同儘。麴，邱六切。澆，堅堯切。辟，毗亦切。

【今校】

《全唐詩》卷六一二，題作「臨頓爲吴中偏勝之地陸魯望居之不出郛郭曠若郊墅余每相訪欵然惜去因成五言十首奉題屋壁」。

次韻酬襲美題郊居十首（其三）

陸龜蒙

倭僧留海紙，山匠製雲牀。懶外應無敵，貧中直是王。池平鷗思喜，花盡蝶情忙。欲問新秋計，菱絲一畝彊。倭，音渦。思，去聲。

【今校】

《全唐詩》卷六二二，題作「襲美見題郊居十首因次韻酬之以伸榮謝」。

清明日送鄧芮還鄉

方干

鐘鼓喧離室，車徒促夜裝。曉榆新變火，輕柳暗飛霜。轉鏡看華髮，傳杯話故鄉。每嫌兒女淚，今日自沾裳。

【今校】

《全唐詩》卷六四八，題下注：「一作戴叔倫詩。」「促」注「一作役」。「榆」注「一作厨」。

新月

方干

入夜天西見，蛾眉冷素光。潭魚驚釣落，雲雁怯弓張，隱隱臨珠箔，微微上粉牆。更憐三五夕，仙桂滿輪芳。箔，音薄，簾也。上，上聲。

信筆

韓偓

睡髻休頻攏，春眉忍更長。整釵梔子重，泛酒菊花香。繡疊昏金色，羅揉損砑光。有時閒弄筆，亦畫兩鴛鴦。攏，魯孔切，掠也。揉，音柔。砑，音訝，光石也。

八庚

月晦

太宗

晦魄移中律，凝暄起麗城。罩雲朝蓋上，穿露曉珠呈。笑樹花分色，啼枝鳥合聲。披襟還眺望，極目暢春情。中律，中和之律，仲春月也。○罩，陟教切。

【今校】《全唐詩》卷一，「還」作「歡」，注「一作還」。

同玉真公主過大哥山池

明皇

地有招賢處，人傳樂善名。鷟池臨九達，龍岫對重城。桂月先秋冷，蘋風向晚清。鳳樓遥可見，彷彿玉簫聲。樂，音洛，下並同。鷟，音木。重，平聲。

【今校】《全唐詩》卷三,「臨」注「一作尋」。「重」作「層」,注「一作重」。

襄城即事

崔　湜

子牟懷魏闕,元凱滯襄城。冠蓋仍爲里,池臺尚識名。山光晴後緑,江色晚來清。爲問東流水,何時到玉京。爲問之爲,去聲。

【今校】《全唐詩》卷五四,題注「一作江樓有懷」。

銅雀妓二首(録一)

王　勃

金鳳鄰銅雀,漳河望鄴城。君王無處所,臺榭若平生。舞席紛何就,歌梁儼未傾。西陵松檟冷,誰見綺羅情。檟,音賈。

【今校】《全唐詩》卷一九、卷五六皆載。「席」注「一作筵」。「何」注「一作可」。按:此爲二首其一,其二：「妾本深宫妓，層城閉九重。君王歡愛盡，歌舞爲誰容。錦衾不復襞，羅衣誰再縫。高台西北望，流涕向青松。」

扈從登封告成頌　　宋之問

複道開行殿，鉤陳列禁兵。和風吹鼓角，佳氣動旂旌。後騎回天苑，前山入御營。萬方俱下拜，相與樂昇平。騎，去聲，下同。

鐘　　李嶠

既接南鄰磬，還同北里笙。平陵通曙響，長樂徹宵聲。秋至含霜動，春歸應律鳴。欲知常待叩，金簴有餘清。簴，音巨，與虡同，刻獸爲飾，所以懸鍾。

【今校】

《全唐詩》卷五二、卷五九兩見。一作宋之問詩。「同」作「隨」，注「一作同」。「徹」作「警」，注「一作徹」。「叩」作「扣」。

渡揚子江

丁仙芝

桂檝中流望，空波兩岸明。林開揚子驛，山出潤州城。海盡邊陰静，江寒朔吹生。更聞楓葉下，淅瀝度秋聲。一作孟浩然詩。○吹，去聲，下同。

【今校】《全唐詩》卷一一四、卷一六〇兩見。卷一六〇爲孟浩然詩，孟詩「桂檝」注「一作挂席」。「空波」作「京江」，注「一作空波」。

秋夜獨坐

王　維

獨坐悲雙鬢，空堂欲二更。雨中山果落，燈下草蟲鳴。白髮終難變，黄金不可成。欲知除老病，惟有學無生。

【今校】《全唐詩》卷一二六，詩題一作「冬夜書懷」。

寒夜張明府宅宴

孟浩然

瑞雪初盈尺，寒宵始半更。列筵邀酒伴，刻燭限詩成。香炭金爐暖，嬌弦玉指清。醉來方欲卧，不覺曉雞鳴。

【今校】

《全唐詩》卷一六〇，末二句注「一作厭厭不覺醉，歸路曉霞生」。

同李吏部伏日口號呈元庶子路中丞

包佶

火炎逢六月，金伏過三庚。幾度衣裳辮，誰家枕簟清。頒冰無下位，裁扇有高名。吏部還開甕，殷勤二客情。

【今校】

《全唐詩》卷二〇五，「辮」作「汗」，注「一作辮」。「情」注「一作卿」。

春夜喜雨

杜甫

好雨知時節，當春乃發生。隨風潛入夜，潤物細無聲。野逕雲俱黑，江船火獨明。曉看紅濕處，花重錦官城。看，讀平聲。

【今校】

《全唐詩》卷二二六，「乃」注「一作及」。

屏迹三首（其一）

杜甫

用拙存吾道，幽居近物情。桑麻深雨露，燕雀半生成。村鼓時時急，漁舟箇箇輕。杖藜從白首，心迹喜雙清。

【今校】

《全唐詩》卷二二七，「存」注「一作誠」。按其二：「晚起家何事，無營地轉幽。竹光團野色，舍影漾江流。失學從兒懶，長貧任婦愁。百年渾得醉，一月不梳頭。」其三：「衰顔甘屏迹，幽事供高卧。鳥下竹根行，龜開萍葉過。年荒酒價乏，日併園蔬課。猶酌甘泉歌，歌長擊樽破。」

客夜

杜　甫

客睡何曾著，秋天不肯明。卷簾殘月影，高枕遠江聲。計拙無衣食，途窮仗友生。老妻書數紙，應悉未歸情。曾，音層。著，入聲。應，平聲，下並同。

【今校】

《全唐詩》卷二二七，「卷」注「一作入」。

送段功曹歸廣州

杜　甫

南海春天外，功曹幾月程。峽雲籠樹小，湖日蕩船明。交趾丹砂重，韶州白葛輕。幸君因估客，時寄錦官城。籠，平聲，下同。

【今校】

《全唐詩》卷二二七，「程」注「一作行」。「蕩」作「落」，注「一作蕩」。「估」作「旅」，注「一作估」。

正月三日歸溪上有作簡院内諸公

杜甫

野外堂依竹，籬邊水向城。蟻浮仍臘味，鷗泛已春聲。藥許隣人斸，書從稚子擎。白頭趨幕府，深覺負平生。斸，陟玉切，斫也。

季秋蘇五弟纓江樓夜宴崔十三評事韋少府姪三首（録一）

杜甫

峽險江驚急，樓高月迥明。一時今夕會，萬里故鄉情。星落黄姑渚，秋辭白帝城。老人因酒病，堅坐看君傾。

按：此爲三首其一。其二：「明月生長好，浮雲薄漸遮。悠悠照邊塞，悄悄憶京華。清動杯中物，高隨海上查。不眠瞻白兔，百過落烏紗。」其三：「對月那無酒，登樓况有江。聽歌驚白鬢，笑舞拓秋窗。尊蟻添相續，沙鷗並一雙。盡憐君醉倒，更覺片心降。」

陪裴使君登岳陽樓

杜甫

湖闊兼雲霧，樓孤屬晚晴。禮加徐孺子，詩接謝宣城。雪岸叢梅發，春泥百草生。敢違漁父問，從此更南征。父，同甫，下同。

春夜皇甫冉宅對酒

張繼

流落時相見，悲歡共此情。興因尊酒洽，愁爲故人輕。暗滴花垂露，斜暉月過城。那知橫吹曲，江外作邊聲。興、爲，並去聲，下並同。

【今校】《全唐詩》卷二四二，題作「春夜皇甫冉宅歡宴」，注「一作對酒」。「垂」作「莖」，注「一作垂」。「曲」作「笛」，注「一作曲」。

送崔融

戴叔倫

王者應無敵，天兵動遠征。建牙連朔漠，飛騎入胡城。夜月邊塵影，秋風隴水聲。陳琳能草檄，含笑出長平。

贈月溪羽士

戴叔倫

月明溪水上，誰識步虛聲。夜静金波冷，風微玉練平。自知塵夢遠，一洗道心清。更弄瑶笙罷，秋空鶴又鳴。

送人流貶

李　益

漢章雖約法，秦律已除名。謗遠人多惑，官微不自明。霜風先獨樹，瘴雨失荒城。疇昔長沙事，三年召賈生。

送人之江東

劉　商

含香仍佩玉，宜入鏡中行。盡室隨乘興，扁舟不計程。渡江霖雨霽，對月夜潮生。莫慮當炎暑，稽山水木清。稽，堅奚切。

謫居漢陽白沙口阻雨因題驛亭

鄭常

漢陽無遠近，見説過湓城。雲雨經春客，江山幾日程。終隨鷗鳥去，祇待海潮生。前路逢漁父，多慚問姓名。一作雍陶詩。○湓，音盆。

【今校】

《全唐詩》卷三一一，「無遠近」注「一作知近遠」。「慚」注「一作愁」。

二月二十七日社兼春分端居有懷簡所思者

權德輿

清晝開簾坐，風光處處生。看花詩思發，對酒客愁輕。社日雙飛燕，春分百囀鶯。所思終不見，還是一含情。詩思之思，去聲。

寒食宴城北山池即故郡守榮陽鄭鋼目爲折柳亭

羊士諤

别館青山郭，遊人折柳行。落花經上巳，細雨帶清明。䴗鴂流芳暗，鴛鴦曲水平。歸心何處醉，寶瑟有餘聲。䴗，音題，鴂，音玦。䴗鴂，子規也。

【今校】

《全唐詩》卷三三二，詩題中「鋼」注「一作綱」。

道州感興

吕温

當代知文字，先皇記姓名。七年天下立，萬里海西行。苦節終難辨，勞生竟自輕。今朝流落處，嘯水繞孤城。

除夜二首（録一）

盧仝

衰殘歸未遂，寂寞此宵情。舊國餘千里，新年隔數更。寒猶迎北峭，風漸向東生。惟見長安陌，晨鐘度火城。

【今校】

《全唐詩》卷三八九、卷四九八並見。卷四九八二首作姚合詩，「惟見」作「誰見」，「見」注「一作想」。此爲二首其一，其二：「慇懃惜此夜，此夜在逡巡。燭盡年還别，雞鳴老更新。儺聲方去疫，酒色已迎春。明日持杯處，誰爲最後人。」

遣行十首（録一）

元　稹

七過褒城驛，回回各爲情。八年身世夢，一種水風聲。尋覓詩章在，思量歲月驚。更悲西塞别，終夜繞池行。褒，博毛切。量，平聲。塞，去聲，下同。

按：此爲十首其七。

除夜思弟妹

白居易

感時思弟妹，不寐百憂生。萬里經年别，孤燈此夜情。病容非舊日，歸思逼新正。早晚重歡會，羇離各長成。歸思之思，去聲。重，平聲，下同。長，上聲。

送潘傳秀才歸宣州

姚　合

李白墳三尺，嵯峨萬古名。因君還故里，爲我弔先生。晴日移虹影，空山聚鶴聲。老郎閒未得，無計此中行。閒，音閑。

【今校】《全唐詩》卷四九六,「聚」作「出」,注「一作聚」。

遊春十二首(録一)

姚合

官卑長少事,縣僻又無城。未曉衝寒起,迎春忍病行。樹枝風掉軟,菜甲土浮輕。好箇林間鵲,今朝足喜聲。

【今校】《全唐詩》卷四九八,「好箇」注「一作最好」。按:此爲十二首其二。

詠風

張祜

摇摇歌扇舉,悄悄舞衣輕。引笛秋臨塞,吹沙夜遶城。向峰回雁影,出峽送猿聲。何似琴中奏,依依别帶情。

【今校】《全唐詩》卷五一〇,「摇摇歌」注「一作遥遥輕」。

奉和大梁相公重九日軍中宴會之什

裴夷直

今古同嘉節，歡娱但異名。陶公緣緑醑，謝傅爲蒼生。酒泛金英麗，詩通玉律清。何言辭物累，方繫萬人情。醑，寫與切。

送盛長史

朱慶餘

莫辭東路遠，此別豈閒行。職處中軍要，官兼上佐榮。野亭楓葉暗，秋水藕花明。拜省期將近，孤舟促去程。閒，音閑。

【今校】

《全唐詩》卷五一四，題下注：「盛隨軍。」

詠雲

李商隱

捧月三更斷，藏星七夕明。纔聞飄迥路，旋見隔重城。潭暮隨龍起，河秋壓雁聲。祇應唯宋玉，知是楚神名。重，平聲。

和于興宗登越王樓詩

王　鐸

謝朓題詩處，危樓壓郡城。雨餘江水碧，雲斷雪山明。錦繡來仙境，風光入帝京。恨無青玉案，何以報高情。

【今校】

朓，原作「眺」，誤，徑改。

月中宿雲居寺上方

温庭筠

虛閣披衣坐，寒階踏葉行。衆星中夜少，圓月上方明。靄盡無林色，暄餘有澗聲。祇應愁恨事，還逐曉光生。

二月十五日櫻桃盛開自所居躡履吟翫競名王澤章洋才

温庭筠

曉覺籠煙重，春深染雪輕。静應留得蝶，繁欲不勝鶯。影亂晨飈急，香多夜雨晴。似將千萬根，西北爲卿卿。勝，平聲。飆，卑遥切。

又寄魯望次前韻

皮日休

病根冬養得，春到一時生。眼暗憐晨慘，心寒怯夜清。妻仍嫌酒癖，醫又禁詩情。應被高人笑，憂身不似名。

【今校】《全唐詩》卷六一二，題作「又寄次前韻」，前詩爲《早春病中書事寄魯望》。「又」作「只」，注「一作又」。

奉酬襲美早春病中書事

陸龜蒙

祇貪詩調苦，不計病容生。我亦休文瘦，君能叔寶清。藥須勤一服，春莫累多情。欲入毘邪問，無人敵凈名。調，去聲。毘，音琵。邪，同耶。佛家有毘邪居士。

【今校】《全唐詩》卷六二二，「邪」作「耶」。

長安贈王注

司空圖

正下搜賢詔，多君獨避名。客來當意愜，花發遇歌成。樂地留高趣，權門讓後生。東風閑小駟，園外好同行。

【今校】

《全唐詩》卷六三二，詩題中「注」注「一作法」。「東風閑小駟」作「東方御閑駟」，注「一作東風閑小駟」。

感舊

羅　隱

劍佩孫弘閣，戈鋋太尉營。重言虛有位，孤立竟無成。丘隴笳簫咽，池臺歲月平。此恩何以報，歸處是柴荆。鋋，音延，短矛也，五湖之間謂矛爲鋋。咽，入聲。

【今校】

《全唐詩》卷六五九，「太尉」注「一作大將」。「歸處」注「一作底事」。

遊九鯉湖

陳　乘

汗漫乘春至，林巒霧雨生。洞莓黏屐重，巖雪濺衣輕。窟宅分三島，煙霞接五城。恰憐饒藥物，欲辨不知名。漫，莫半切。汗漫，渺茫貌。濺，則旰切，與濺同。汙，灑也。

【今校】

《全唐詩》卷六九四，「恰」作「卻」。

畫山水圖答大愚

荆　浩

恣意縱横掃，峰巒次第成。筆尖寒樹瘦，墨淡野雲輕。巖石噴泉窄，山根到水平。禪房時一展，兼稱苦空情。縱，音蹤。噴，鋪魂切。稱，去聲。

九青

奉和七夕宴兩儀殿應制

劉　憲

秋吹過雙闕，星仙動二靈。更深移月鏡，河淺度雲軿。殿上呼方朔，人間識武丁。天文茲夜裏，光映紫微庭。吹，去聲。過，平聲。軿，音瓶，輕車也。呼，平聲，下同。

【今校】

《全唐詩》卷七一一，「呼」注「一作徵」。「識」作「失」，注「一作識」。

送盧郎中使君赴京

皇甫冉

三年期上國，萬里自東溟。曲蓋遵長道，油幢憩短亭。楚雲山隱隱，淮雨草青青。康樂多新興，題詩記所經。幢，宅江切。憩，去例切，本作愒，息也。樂，音洛。興，去聲，下同。

秦州雜詩二十首（其三）

杜　甫

今日明人眼，臨池好驛亭。叢篁低地碧，高柳半天青。稠疊多幽事，喧呼閲使星。老夫如有此，不異在郊坰。使，去聲，下同。

按：《全唐詩》卷二二五，此爲其九。

戲題寄上漢中王三首（録一）

杜　甫

西漢親王子，成都老客星。百年雙白鬢，一别五秋螢。忍斷懷中物，衹看座右銘。不能隨皂蓋，自醉逐浮萍。看，讀平聲。

【今校】

《全唐詩》卷二二七，引原注：「時王在梓州。初至，斷酒不飲。篇有戲述。漢中王瑀，寧王憲之子。」「秋」注「一作飛」。「衹」注「一作眠」。按此爲三首其一，其二：「策杖時能出，王門異昔遊。已知嗟不起，未許醉相留。蜀酒濃無敵，江魚美可求。終思一酩酊，净埽雁池頭。」其三：「群盗無歸路，衰顔會遠方。尚憐詩警策，猶記酒顛狂。魯衛彌尊重，徐陳略喪亡。空餘枚叟在，應念早升堂。」

宿白沙驛

杜　甫

水宿仍餘照，人煙復此亭。驛邊沙舊白，湖外草新青。萬象皆春氣，孤槎自客星。隨波無限月，的的近南溟。復，去聲。

【今校】

《全唐詩》卷二三三，引原注：「初過湖南五里。」「槎」作「楂」。「月」注「一作景」。

賦得綿綿思遠道送岑判官入嶺

錢　起

極目煙霞外，孤舟一使星。興中尋碧落，夢裏過滄溟。夜月松江戍，秋風竹塢亭。不知行遠近，芳草日青青。

【今校】

《全唐詩》卷二三七，「碧落」作「白雪」，注「一作碧落」。

步虛詞十九首（其十七）

韋渠年

舞鳳淩天出，歌麟入夜聽。雲容衣眇眇，風韻曲泠泠。扣齒端金簡，焚香檢玉經。仙宮知不遠，祇近太微星。眇，音藐。泠，音靈，音聲洋溢曰泠泠。

長安少年行十首（其十）

李廓

小婦教鸚鵡，頭邊喚醉醒。犬嬌眠玉簟，鷹掣撼金鈴。碧地攢花障，紅泥待客亭。雖然長按曲，不飲不曾聽。教，平聲。掣，尺列切。曾，音層，下同。

送徐秀才遊吳國

齊己

西江東注急，孤櫂若流星。風浪相隨白，雲山瞥過青。他時誰共説，此路我曾經。好向吳朝看，衣冠盡漢庭。瞥，匹蔑切。朝，音潮。

【今校】

《全唐詩》卷八四一，「山」作「中」，「瞥」作「獨」，注「一作瞥」。

十蒸

餞陳學士還江南同用徵字

張九齡

荷蓧旋江澳，銜杯餞霸陵。別前林鳥息，歸處海煙凝。風土鄉情接，雲山客念憑。聖朝巖穴選，應待鶴書徵。荷，去聲。蓧，音掉。朝，音潮。應，平聲。

不如來飲酒七首（録一）

白居易

莫上青雲去，青雲足愛憎。自賢誇智慧，相軋鬬功能。魚爛緣吞餌，蛾燋爲撲鐙。不如來飲酒，任性醉騰騰。軋，音扎。燋，與焦同。爲，去聲。

按：此爲七首其六。

東湖二首（録一）

李群玉

雨氣消殘暑，蒼蒼月欲升。林間風捲簟，欄下水摇鐙。迥野垂銀鏡，層巒挂玉繩。重期浮小檝，來摘半湖菱。重，平聲。檝，同楫。

按：此爲二首其二，其一：「晚景微雨歇，逍遥湖上亭。波閒魚弄餌，樹静鳥遺翎。性野難依俗，詩玄自入冥。何繇遂瀟灑，高枕對雲汀。」

十一尤

奉和進船洛水應制

薛眘惑

禁園紆睿覽，仙櫂叶宸遊。洛北風花樹，江南彩畫舟。芳生蘭蕙草，春入鳳皇樓。興盡離宮暮，煙光起夕流。一作孫逖詩。○興，去聲，下同。

【今校】

全唐詩卷四五、卷一一八兩出。「宸」注「一作時」。「芳」作「榮」，注「一作芳」。

賦得妾薄命

杜審言

草緑長門掩，苔青永巷幽。寵移新愛奪，淚落故情留。啼鳥驚殘夢，飛花攪獨愁。自憐春色罷，團扇復迎秋。復，去聲，下並同。

【今校】

《全唐詩》卷六二，「掩」注「一作閉」。

幸少林寺應制

宋之問

紺宇横天室，回鑾指帝休。曙陰迎日盡，春氣抱巖流。空樂繁行漏，香煙薄綵斿。玉膏從此泛，仙馭接浮丘。紺，古暗切。斿，音由，旌旂之末垂也。

幸白鹿觀應制

崔湜

御旗探紫籙，仙仗闢丹丘。捧藥芝童下，焚香桂女留。鸞歌無歲月，鶴語記春秋。臣朔真何幸，常陪漢武遊。

按：《全唐詩》卷五四，題注「一作鄭愔詩」。

桂

李嶠

未值銀宫裏，先移玉殿幽。枝生無限月，花滿自然秋。俠客條爲馬，仙人葉作舟。願君期道術，攀折可淹留。

【今校】

《全唐詩》卷六〇，「銀」注「一作蟾」。「先」作「寧」。

奉和九月九日登慈恩寺浮圖應制

劉憲

飛塔雲霄半，清晨羽旆遊。登臨憑季月，寥廓見中州。御酒新寒退，天文寶氣浮。辟邪將獸壽，兹日奉千秋。辟，毗亦切。

【今校】

《全唐詩》卷七一，「飛」注「一作香」。「雲」注「一作層」。「清晨羽旆遊」注「一作仙鑣净境遊」。「寶氣浮」作「瑞景留」，注「一作寶氣浮」。「辟」注「一作卻」。

和崔正諫登秋日早朝

沈佺期

雞鳴朝謁滿，露白禁門秋。爽氣臨旌戟，朝光映冕旒。河宗來獻寶，天子命焚裘。獨負池陽議，言從建禮遊。朝謁之朝，音潮。

【今校】《全唐詩》卷九六，「池」注「一作津」。

宿雲站寺閣

孫　逖

香閣東山下，煙光象外幽。懸燈千嶂夕，卷幔五湖秋。畫壁餘鴻雁，紗窗宿斗牛。更疑天路近，夢與白雲遊。

【今校】《全唐詩》卷一一八，「餘」注「一作飛」。

題襄陽圖

徐安貞

畫得襄陽郡，依然見昔遊。峴山思駐馬，漢水憶迴舟。丹壑常含霽，青林不換秋。圖書空咫尺，千里意悠悠。峴，音賢，上聲。

【今校】

《全唐詩》卷一二四，「圖書」注「一作畫圖」。

山居秋暝

王　維

空山新雨後，天氣晚來秋。明月松間照，清泉石上流。竹喧歸浣女，蓮動下漁舟。隨意春芳歇，王孫自可留。

宮中行樂詞八首（其六）（其八）

李　白

今日明光裏，還須結伴遊。春風開紫殿，天樂下珠樓。豔舞全知巧，嬌歌半欲羞。更憐花月夜，宮女笑藏鉤。

水緑南薰殿，花紅北闕樓。鶯歌聞太液，鳳吹繞瀛洲。素女鳴珠佩，天人弄綵毬。今朝風日好，宜入未央遊。吹，去聲。

七月三日在内學見有高道舉徵宿闕西客舍寄東山嚴許二山人

岑　參

雲送關西雨，風傳渭北秋。孤燈燃客夢，寒杵搗鄉愁。灘上思嚴子，山中憶許由。蒼生今有望，飛詔下林丘。

北庭作

岑　參

雁塞通鹽澤，龍堆接醋溝。孤城天北畔，絶域海西頭。秋雪春仍下，朝風夜不休。可知年四十，猶自未封侯。塞，去聲，下同。

陪諸貴公子丈八溝攜妓納涼晚際遇雨二首（録一）

杜　甫

雨來霑席上，風急打船頭。越女紅裙濕，燕姬翠黛愁。纜侵隄柳繫，幔卷浪花浮。歸路翻蕭颯，陂塘五月秋。燕，平聲。

【今校】

《全唐詩》卷二二四，題下注：「下杜城西有第五橋、丈八溝。」「急」注「一作惡」。「卷」作「宛」，注「一作卷」。按：此爲二首其二，其一：「落日放船好，輕風生浪遲。竹深留客處，荷浄納涼時。公子調冰水，佳人雪藕絲。片雲頭上黑，應是雨催詩。」

屏跡三首（其二）

杜　甫

晚起家何事，無營地轉幽。竹光團野色，山影漾江流。失學從兒懶，長貧任婦愁。百年渾得醉，一月不梳頭。漾，弋亮切。

【今校】

《全唐詩》卷二二七，「團」注「一作圍」。「山」作「舍」，注「一作山」。

旅夜書懷

杜　甫

細草微風岸，危檣獨夜舟。星垂平野闊，月湧大江流。名豈文章著，官應老病休。飄飄何所似，天地一沙鷗。應平聲，下並同。

【今校】

《全唐詩》卷二二九，「垂」注「一作隨」。「應」作「因」，注「一作應」。第二个「飄」注「一作零」。「地」注「一作外」。

月

杜　甫

四更山吐月，殘夜水明樓。塵匣元開鏡，風簾自上鉤。兔應疑鶴髮，蟾亦戀貂裘。斟酌嫦娥寡，天寒耐九秋。

酬裴迪南門秋夜對月

錢　起

夜來詩酒興，月滿謝公樓。影閉重門静，寒生獨樹秋。鵲驚隨葉散，螢遠入煙流。今夕遥天末，清光幾處愁。重，平聲，下同。

【今校】

《全唐詩》卷二三七，題作「裴迪南門秋夜對月」，一作「裴迪書齋翫月之作」。「興」注「一作意」。「月滿」注「一作獨上」。「鵲」一作「鶴」。「光」，注「一作暉」。

送李諫議歸荊州

錢　起

歸舟同不繫，纖草剩忘憂。禁夜曾通籍，江城舊列侯。暮帆依夏口，春雨夢荊州。何日朝雲陛，隨君拜冕旒。曾，音層，下並同。朝，音潮。

漢陰驛與宇文十相遇旋歸西川因以贈別

竇　鞏

吴蜀何年別，相逢漢水頭。望鄉心共醉，握手淚先流。宿霧千山曉，春霖一夜愁。離情方浩蕩，莫説去刀州。

送郎士元

戴叔倫

白髮金陵客，懷歸不暫留。交情分兩地，行色載孤舟。黄葉蟬吟晚，滄江雁送秋。何年重會此，詩酒復追遊。

賦得長亭柳

戴叔倫

濯濯長亭柳，陰連灞水流。雨搓金縷細，煙裹翠絲柔。送客添新恨，聽鶯憶舊遊。贈行多折取，那得到深秋。搓，音蹉。裹，同嫋。聽，讀平聲。

冬日野望寄李贊府

于良史

地際朝陽滿，天邊宿霧收。風兼殘雪起，河帶斷冰流。北闕馳心極，南圖尚旅遊。登臨思不已，何處得銷愁。

【今校】

《全唐詩》卷二七五，題下注：「一本無『野望』二字。」「愁」注「一作憂」。

九日奉陪令公登白鶴樓同詠菊

盧綸

瓊尊猶有菊，可以獻留侯。願比三花秀，非同百卉秋。金英分蘂細，玉露結房稠。黄雀知恩在，銜飛亦上樓。

【今校】《全唐詩》卷二七九，「猶有」注「一作有仙」。「蘂」注「一作葉」。

韋員外東齋看花

李　端

入花凡幾步，此樹獨相留。發豔紅枝合，垂煙綠水幽。併開偏覺好，未落已成愁。一到芳菲下，空招兩鬢秋。

【今校】《全唐詩》卷二八五，「相」注「一作將」。「成」注「一作看」。「招」注「一作貽」。

獨遊寄衛長林

司空曙

草綠春陽動，遲遲澤畔遊。戀花同野蝶，愛水劇江鷗。身外唯須醉，人間半是愁。那知鳴玉者，不羨賣瓜侯。

【今校】《全唐詩》卷二九三，「半」作「盡」，注「一作半」。

題報恩寺　劉禹錫

雲外支硎寺，名聲敵虎丘。石文留馬迹，峰勢聳牛頭。泉眼潛通海，松門預帶秋。遲回好風景，王謝昔曾遊。硎，音刑。

七夕　李賀

別浦今朝暗，羅帷午夜愁。鵲辭穿線月，花入曝衣樓。天上分金鏡，人間望玉鉤。錢塘蘇小小，又值一年秋。曝，音僕，本作暴。

【今校】

《全唐詩》卷三九〇，「又」作「更」，注「一作又」。

正月十五日夜月　白居易

歲熟人心樂，朝遊復夜遊。春風來海上，明月在江頭。燈火家家市，笙歌處處樓。無妨思帝里，不合厭杭州。樂，音洛。

長安少年行十首（其四）

李廓

好勝耽長行，天明燭滿樓。留人看獨脚，賭馬换偏頭。樂奏曾無歇，杯巡不暫休。時時遥冷笑，怪客有春愁。耽，都含切。看，讀平聲，下同。

閒居遣懷十首（其九）

姚合

生計甘寥落，高名愧自由。慣無身外事，不信世間愁。好酒盈杯酌，閒詩任筆酬。涼風從入户，雲水更宜秋。閒詩之閒，音閑。

詠破山水屏風

章孝標

時人嫌古畫，倚壁不曾收。雨滴膠山斷，風吹絹海秋。殘雲飛屋裏，片水落牀頭。尚勝凡花鳥，君能補綴不。綴不之不，音浮。

【今校】

《全唐詩》卷五〇六，題作「破山水屏風」。「不」，作「休」。卷五〇二亦收，作姚合詩。

留題李侍御書齋

杜　牧

曾話平生志，書齋幾見留。道孤心易感，恩重力難酬。獨立千峰晚，頻來一葉秋。雞鳴應有處，不學淚空流。易，去聲。

【今校】

《全唐詩》卷五二六，「空」注「一作潛」。

宿開元寺西樓聞歌感賦

許　渾

誰家歌裊裊，孤枕在西樓。竹色寒清簟，松香染翠幬。月移珠殿曉，風遞玉筝秋。日出應移棹，三湘萬里愁。幬，音儔，江東謂帳爲幬。遞，音第，往也。

【今校】

《全唐詩》卷五二八，題作「宿開元寺樓」。

旅泊

李群玉

搖落江天裏，飄零倚客舟。短篇纔遣悶，小釀不供愁。河雨潮痕細，林風月影稠。書空閒度日，深擁破貂裘。供，讀平聲。閒，音閑，下並同。

【今校】《全唐詩》卷五六九，「河」作「沙」。

送鳳翔范書記

李頻

西京無暑氣，夏景似清秋。天府來相辟，高人去自由。江山通蜀國，日月近神州。若共將軍語，河蘭地未收。辟，必益切，徵也。

寄永嘉崔道融

司空圖

旅寓雖難定，乘閒是勝遊。碧雲蕭寺霽，紅樹謝村秋。戍鼓和潮暗，船燈照島幽。詩家多滯此，風景似相留。

送姚員外合赴金州

方干

受詔從華省，開旗發帝州。野煙新驛曙，殘照古山秋。樹勢連巴没，江聲入楚流。唯應行化後，吟句上閒樓。

【今校】

《全唐詩》卷六四九，「行化」作「化行」，注「一作行化」。

送人之九江謁郡侯苗員外紳

鄭谷

澤國尋知己，南浮不偶遊。湓城分楚塞，廬岳對江州。曉飯臨孤嶼，春帆入亂流。雙旌相望處，月白庾公樓。

過當塗縣

韋莊

客過當塗縣，停車訪舊遊。謝公山有墅，李白酒無樓。采石花空發，烏江水自流。夕陽誰共感，寒鷺立汀洲。墅，音署，上聲，圃也。

憶別匡山寄彭澤乾晝上人

齊己

憶別匡山日，無端是遠遊。恰迴看五老，翻悔上孤舟。蹭蹬三千里，蹉跎二十秋。近來空寄夢，時到虎溪頭。蹭，七鄧切。蹬，徒亘切。

十二侵

遊三覺寺

王勃

香閣披青磴，琱臺控紫岑。叶齊山路狹，花積野壇深。蘿幌棲禪影，松門引梵音。遽忻陪妙躅，延賞滌煩襟。琱，音貂。控，音空，去聲。躅，音濁，迹也。

【今校】

《全唐詩》卷五六，「香」作「杳」，注「一作香」。「路狹」注「一作徑密」。「引」作「聽」，注「一作引」。「賞」注「一作想」。

風

李嶠

落日生蘋末，搖揚徧遠林。帶花疑鳳舞，向竹似龍吟。月動臨秋扇，松清入夜琴。蘭臺宮殿峻，還拂楚王襟。

【今校】

《全唐詩》卷五九，「疑」注「一作迎」。七句作「若至蘭臺下」，注「一作蘭臺宮殿峻」。

奉和聖製過寧王宅應制

張說

進酒忘憂觀，篛韶喜降臨。帝堯敦族禮，王季友兄心。竹院龍鳴笛，梧宮鳳繞林。大風將小雅，一字盡千金。觀，去聲。篛，同簫。

【今校】

《全唐詩》卷八七，「族」注「一作睦」。

恩制賜食於麗正殿書院宴賦得林字

張　説

東壁圖書府，西垣翰墨林。誦《詩》聞國政，講《易》見天心。位竊和羹重，恩叨醉酒深。緩歌春興曲，情竭爲知音。興、爲，並去聲。

【今校】

《全唐詩》卷八七，「垣」作「園」，注「一作垣」。「緩」注「一作載」。

遊少林寺

沈佺期

長歌遊寶地，徙倚對珠林。雁塔風霜古，龍池歲月深。紺園澄夕霽，碧殿下秋陰。歸路煙霞晚，山蟬處處吟。

【今校】

《全唐詩》卷九六，「風霜」注「一作丹青」。

酬張少府

王維

晚年唯好静，萬事不關心。自顧無長策，空知返舊林。松風吹解帶，山月照彈琴。君問窮通理，漁歌入浦深。好，去聲。

【今校】

《全唐詩》卷一二六，「君」注「一作若」。

秋日登吴公臺上寺遠眺

劉長卿

古臺摇落後，秋入望鄉心。野寺人來少，雲峰水隔深。夕陽依舊壘，寒磬滿空林。惆悵南朝事，長江獨至今。朝，音潮。

【今校】

《全唐詩》卷一四七，題作「秋日登吴公臺上寺遠眺寺即陳將吴明徹戰場」，其中「場」注「一作地」。「入」作「日」，注「一作入」。

寄李侍御

張　謂

柱下聞周史，書中慰越吟。近看三歲字，遥見百年心。價以吹噓長，恩從顧盼深。不栽桃李樹，何日得成陰。看，讀平聲，下並同。盼，音攀，去聲。

奉試詠青

荆冬倩

徑闢天光遠，春還月道臨。草濃河畔色，槐結路邊陰。未映君王史，先標胄子襟。經明如可拾，自有致雲心。

【今校】

《全唐詩》卷二〇三，「徑」作「路」。

野望

杜　甫

清秋望不極，迢遞起層陰。遠水兼天净，孤城隱霧深。葉稀風更落，山迥日初沈。獨鶴歸何晚，昏鴉已滿林。望，讀平聲。

途次維揚望京口寄白下諸公

蔣　涣

北望情何限，南行路轉深。晚帆低荻葉，寒日下楓林。雲白蘭陵渚，煙青建業岑。江天秋向盡，無處不傷心。

送常秀才下第東歸

白居易

東歸多旅恨，西上少知音。寒食看花眼，春風落日心。百憂當二月，一醉直千金。到處公卿席，無辭酒醆深。

香山卜居

白居易

老須爲老計，老計在抽簪。山下初投足，人間久息心。亂藤遮石壁，絶澗護雲林。若要深藏處，無如此處深。

【今校】

《全唐詩》卷四五六，題作「香山下卜居」，注「一無下字」。

武功縣中作三十首(其八)

姚合

一日看除目,終年損道心。山宜衝雪上,詩好帶風吟。野客嫌知印,家人笑買琴。秖應隨分過,已是錯彌深。應,平聲,下同。分,去聲。彌,平聲。

【今校】

《全唐詩》卷四九八,「已」注「一作定」。

蒙河南劉大夫見示與吏部張公喜雪酬唱輒敢攀和

許渾

風度龍山暗,雲凝象闕陰。瑞花瓊樹合,仙草玉苗深。欲醉梁王酒,先調楚客琴。即應攜手去,將此助商霖。

婺州水館重陽日作

韋莊

異國逢佳節,憑高獨苦吟。一杯今日酒,萬里故園心。水館紅蘭合,山城紫菊深。白衣雖不至,鷗鳥自相尋。

【今校】《全唐詩》卷六九八，「酒」作「醉」，注「一作酒」。

十三覃

樓上

杜甫

天地空搔首，頻抽白玉簪。皇輿三極北，身事五湖南。戀闕勞肝肺，論材愧杞柟。亂離難自救，終是老湘潭。簪，同簪。論，平聲。

【今校】《全唐詩》卷二三三，「論」注「一作掄」。

送嚴大夫赴桂

王建

嶺頭分界堠，一半屬湘潭。水驛門旗出，山戀洞主參。辟邪犀角重，解酒荔枝甘。莫歎京華遠，安南更有南。堠，與候切。

【今校】《全唐詩》卷二九九，題作「送嚴大夫赴桂州」。「堠」作「候」，注「一作堠」。

送桂州嚴大夫赴任同用南字

韓　愈

蒼蒼森八桂，茲地在湘南。江作青羅帶，山如碧玉篸。户多輸翠羽，家自種黄柑。遠勝登仙去，飛鸞不假驂。

【今校】《全唐詩》卷三四四，題下注：「嚴謨也。題下或有『赴任』二字。」

秋思

白居易

夕照紅於燒，晴空碧勝藍。獸形雲不一，弓勢月初三。雁思來天北，碪聲滿水南。蕭條秋氣味，未老已深諳。燒，去聲，野火曰燒。思，去聲。

【今校】

《全唐詩》卷四四九，「聲」作「愁」。

送荔浦蔣明府赴任

杜牧

路長春欲盡，歌怨酒多酣。白社蓮塘北，青袍桂水南。驛行盤鳥道，船宿避龍潭。真得詩人趣，煙霞處處諳。

【今校】

《全唐詩》卷五二六，「塘」注「一作宫」。卷五三二作許渾詩。

旅懷

黄滔

蕭颯聞風葉，驚時不自堪。宦名中夜切，人事長年諳。古畫僧留與，新知客過談。鄉心隨鴈去，一一到江南。長，上聲。

【今校】

《全唐詩》卷七〇四，「過」作「遇」。

十四鹽

送張二十參軍赴蜀州因呈楊五侍御

杜甫

好去張公子，通家别恨添。兩行秦樹直，萬點蜀山尖。御史新驄馬，參軍舊紫髯。皇華吾善處，於汝定無嫌。行，音航。

【今校】

《全唐詩》卷二二四，「點」注「一作朵」。

東津送韋諷攝閬州録事得兼字

杜甫

聞説江山好，憐君吏隱兼。寵行舟遠泛，惜别酒頻添。推薦非承乏，操持必去嫌。他時如按縣，不得慢陶潛。

【今校】

《全唐詩》卷二三四，「惜」作「怯」，注「一作惜」。

題李頻新居

姚合

賃居求賤處，深僻任人嫌。蓋地花如繡，當門竹勝簾。勸僧嘗藥酒，教僕認書簽。庭際山宜小，休令著石添。賃，音任。令，平聲。著，入聲。

【今校】

《全唐詩》卷四九九，「認」作「辨」，注「一作認」。

偶題

温庭筠

孔雀眠高樹，櫻桃拂短檐。畫明金冉冉，箏語玉纖纖。細雨無妨燭，輕寒不隔簾。欲將紅錦段，因夢寄江淹。

【今校】

《全唐詩》卷五八一一，題作「夜宴」。「樹」作「閣」，注「一作樹」。「冉冉」注「一作苒苒」。「寄」注「一作與」。

十五咸

寄趙校書楚

陳翊

愛酒時稱癖，高情自不凡。向人方白眼，違俗有青巖。雲際開三徑，煙中挂一帆。相期同歲晚，閒興與松杉。閒，音閑。興，去聲。

【今校】

《全唐詩》卷三〇五，題作「寄邵校書楚萇」。「癖」作「僻」。

附：沈寶青傳

沈寶青，字劍芙，江蘇溧陽人，光緒癸未（1883）進士。二十三年（1897），由歸安知縣調補諸暨。温厚和平，静泊無爲。於時交涉事興，諸多棘手，撫循羈縻，不激不隨，良懦賴安，遠近戴之。南鄉邊、壽二姓，民性悍直。寶青懷之以柔，爲建書院，立月課，循循施誘，翕然嚮化。北鄉江藻，每歲十月，以賽神爲名，演戲聚賭，良莠麕集，舉國若狂。小民終歲勤動，往往一夕而秏，甚至有歸家自盡者，大爲地方患害。而積重之勢，歷政莫返。邑紳陳遹聲稟請大吏懲治。寶青奉府札諭禁，肅然截止。數百年弊俗，一旦革除。斯則柔惠之德。而其動也剛矣。

己亥（1899）歲饑，悉心振恤，兼謀善後。永利倉者，前明青陽劉公創設，以備荒者也。歲久廢弛，倉屋亦燬。乃籌款重建，更名寶豐。追出倉田百畝，交董經理，令各鄉分都積穀，明定條程，歲收羨餘，以待乏罷。從遹聲請，以工代振，濬楓橋江，築沿江石路，建東溪閘，修湖頭阪埂，數年無水災。楓橋人建生祠於鎮南，至今尸祝之。

庚子(1900)三月，調署錢塘，送者塞道。邑中自楊丹山以還，祖餞之盛，無踰此者。去暨數月，民教失和，邑事幾潰。復奉撫檄，來縣理解。嗣後無時無事不以暨民爲念。上下調停，左右護持，思力所及，無微不至。陵侮之禍，民卒獲免。其惠澤之旁敷，較在任時，更爲周緻矣。冬，調仁和。辛丑(1901)正月，卒於署。卒後數日，其子忽夢見，曰：「諸暨近事如何？李石朋久無書疏，甚繫懷思。陳蓉曙書中，何説見否？」醒後，不解所謂。急檢之，果得陳書於簽次。蓋書到時，疾已漸，典簽者不即呈送，故云。石朋署縣事，李寶楠别字；蓉曙，則遹聲之號。蓋頻以交涉事相函商者也。嗚呼！顧復我暨，雖死不忘，暨民之去思，其足以報答萬一哉！

（録自陳遹聲修、蔣鴻藻撰《光緒諸暨縣志》卷二十三《名宦志》）